冒险最大的乐趣就在于无法预料

1 布莱顿
少年冒险团

幽暗岛的灯光

The *Island* of
Adventure

[英] 伊妮德·布莱顿 著

杜夕如 译

浙江文艺出版社

图书在版编目(CIP)数据

布莱顿少年冒险团1，幽暗岛的灯光 /（英）伊妮
德·布莱顿著；杜夕如译. —杭州：浙江文艺出版社，
2020.3（2022.3重印）

ISBN 978-7-5339-5946-3

Ⅰ.①布… Ⅱ.①伊… ②杜… Ⅲ.①儿童小说—
长篇小说—英国—现代 Ⅳ.①I561.84

中国版本图书馆CIP数据核字（2019）第294153号

责任编辑　童潇骁
装帧设计　吕翡翠
责任印制　吴春娟
插　　画　呼呼CASSIE

布莱顿少年冒险团1：幽暗岛的灯光
［英］伊妮德·布莱顿 著　杜夕如 译

出版　浙江文艺出版社
地址　杭州市体育场路347号
邮编　310006
网址　www.zjwycbs.cn
经销　浙江省新华书店集团有限公司
制版　杭州天一图文制作有限公司
印刷　浙江新华数码印务有限公司
开本　880毫米×1230毫米　1/32
字数　171千字
印张　8.25
插页　2
版次　2020年3月第1版
印次　2022年3月第3次印刷
书号　ISBN 978-7-5339-5946-3
定价　32.00元

目录

001

066

067

134

196

259

第1章
事情的开端

这真是太离奇了。

菲利普·曼纳林正躺在一棵树下伸展着胳膊腿儿，苦思冥想着几道代数题。周围没有一个人，但是他仍能清楚地听到一个声音在对他说：

"笨蛋，你就不能把门关上吗！"这声音十分不耐烦地说道，"我告诉过你多少次了？把你的脚擦干净！"

当这声音第三次出现时，菲利普坐直了身子，仔细地打量着周围，只看到山坡在他上方和下方延展着，完全看不到任何男孩、女孩，男人或者女人。

"这太傻了，"菲利普自言自语地说，"因为既没有什么门可关，也没有什么垫子来擦我的脚。说这话的人一定是疯了。不管怎么说，我不喜欢这样。只有声音，却看不到人，实在太奇怪了。"

一个棕色的小鼻子从菲利普的运动衫衣领里钻了出来，这鼻子是属于一只棕色小老鼠的，它是菲利普众多宠物中的一只。菲利普举起手，温柔地揉了揉小家伙的头。小老鼠的鼻子开心地抽动着。

"把门关上，笨蛋！"一个不知从哪儿来的声音吼道，"不要擤鼻涕啦！你的手帕哪儿去了？"

这对菲利普来说太过分了，他吼了回去。

"闭嘴！我没有在擤鼻涕。你到底是谁？"

没有人回答，菲利普感到很困惑，这真是诡异又奇怪。在这明亮晴朗的空旷山坡上，那发布命令的粗鲁又离奇的声音是从哪儿来的？菲利普又喊了起来：

"我正在学习呢。如果你想说话，就现身吧。"

"好吧，伯父。"那声音出人意料地用另一种完全不同的带有歉意的语气小声说道。

"天哪！"菲利普说，"我受不了这个。我必须得解开这个谜团。如果我能找到这声音的来源，我就有可能找到它的主人。"他又喊道："你在哪儿？出来让我看看你。"

"我告诉过你十几次了，不要吹口哨！"那声音粗暴地回答。菲利普惊讶得说不出话来。他并没有在吹口哨。这个声音的主人显然是完全疯了。菲利普突然觉得自己并不想见到这个奇怪的人。他宁愿回家也不想见他。

他仔细地看了看四周。他根本不知道那声音是从哪里来的，但是他觉得它可能来自他左侧的某个地方。好吧，他准备悄悄地靠右爬下山，尽量贴着树，这样自己就会被稍稍遮住一点。

他拿起书，把铅笔放进口袋，小心翼翼地站起来。突然，那声音哈哈大笑起来，菲利普吓得心都快跳出来了。他忘了要小心，飞快地跑下山坡，冲到一丛树木的隐蔽处。笑声又突然停止了。

菲利普站在一棵大树下仔细听着。他的心跳得很快，他希望能回到家里，与其他人待在一起。然而，就在他头顶上方，那声音又说话了。

"我告诉过你多少次了？要把你的脚擦干净！"

这时传来一声极其怪异的尖叫让可怜的菲利普吓得连书都丢在了地上。他抬头看了看旁边的树，发现了一只美丽的白鹦鹉，头上顶着一个黄色的大鸟冠，上下摆动。鹦鹉用它明亮的黑眼睛盯着菲利普，歪着头，弯曲的尖嘴发出一种刺耳的噪音。

菲利普盯着鹦鹉看，鹦鹉回瞪了一眼。这鸟抬起爪子，若有所思地挠着头，冠毛上下摇摆着。然后，它说话了。

"别擤鼻涕了，"它用一种与人聊天的口吻说道，"你就不能把门关上吗，笨蛋？你的礼貌哪儿去了？"

"天哪！"菲利普惊奇地说，"原来是你一直在说话，大喊大笑啊！嗯，你可吓了我一大跳呢。"

鹦鹉打了一个实实在在的喷嚏。"你的手帕哪儿去了？"它说道。

菲利普笑了笑。"你真是一只了不起的鸟，"他说，"是我见过最聪明的。你是从哪儿逃出来的？"

"擦擦你的脚。"鹦鹉严厉地回答。菲利普又笑了。这时，他听到一个男孩在山脚下大喊：

"琪琪，琪琪，琪琪！你去哪儿了？"

鹦鹉张开翅膀，发出了一声可怕的尖叫，沿着山坡，飞向山脚下的一栋房子。菲利普望着它越飞越远。

"有个男孩在呼唤它，"他想，"他就在我住的麓山屋的花园里。我在想他是不是也是来这里学习的。我真希望他是。要是有这样一只鹦鹉和我们同住就好了。在假期做功课就够无聊了，如果有只鹦鹉气氛就活跃多了。"

菲利普上学期患过猩红热，紧接着又染上麻疹，因此错过了一大部分的功课。他的校长给他的姨父和姨妈写了封信，建议他去一个老师家里待上几个星期，补习落下的功课。令菲利普厌恶的是，他的姨父居然立刻同意了。这样，菲利普在暑假期间就只好补习代数、地理和历史，而不是和妹妹黛娜在海滨的陡峭山庄的叔叔家度过美好时光了。

他喜欢老师罗伊先生，但讨厌另外两个男孩。他们也是因为之前生病落下了功课，现在要接受罗伊先生的指导，跟着他死记硬背。其中一个比菲利普大得多，另一个则是个可怜的抱怨鬼，他总是对菲利普一直在收集或抢救的各种昆虫和小动物感到恐惧。菲利普非常喜欢动物，并且有一种让它们都信任自己的不可思议的本领。

现在他急匆匆地走下山坡，急切地想看看是不是有别的学生参加了这个小型的男孩暑期补习班。如果那个新来的男孩有鹦鹉，那他会是个有趣的人，比那个傻大个山姆，还有那个哭哭啼啼的抱怨鬼奥利弗有趣多了。

他打开花园门，惊讶地瞪大了眼睛。花园里有个小女孩，年纪不大，大概十一岁。她长着一头卷卷的红发，还有一双绿色的眼睛，皮肤白皙，脸上是密密麻麻的雀斑。她正盯着菲利普。

"你好，"菲利普说，他很喜欢这个穿短裤和运动衫的姑娘，"你是新来的吗？"

"算是吧，"女孩笑着说，"但我不是来学习的，我是来陪杰克的。"

"杰克是谁？"菲利普问道。

"我哥，"女孩说道，"他必须接受辅导。你真该看看他上学期的成绩单，门门垫底。他真的很聪明，但就是不在乎这些成绩。他说要成为一个鸟类学家，所以学习历史日期啊、海角啊还有诗歌一类的东西能有什么用？"

"你刚才说的那个词是什么意思？"菲利普问道，他在想这个女孩的鼻子上怎么会有这么多雀斑。

"鸟类学家？嗯，就是一个热爱研究鸟类的人。"女孩说，"你不知道吧？杰克对鸟简直太着迷了。"

"他应该来我住的地方，"菲利普马上说道，"我住在靠海的一个非常开阔而荒凉的地方，那里有许多稀有的海鸟。我也喜欢鸟类，但我对它们了解不多。我说，那只鹦鹉是杰克的吗？"

"是的，"女孩说，"他已经养了四年了，她的名字叫琪琪。"

"是你哥哥教她说那些话的吗？"菲利普问。他觉得杰克虽然门门功课垫底，但他在教鹦鹉讲话方面绝对算得上名列前茅！

"哦，不是的，"女孩微笑地说，绿色的眼睛闪闪发亮，"琪琪是自学的——她学我们伯父说话。我觉得，我们的伯父称得上是这个世界上脾气火暴的老头了。我们的父母已经去世了，所以我们在假期就归杰弗里伯父管，可是他并不喜欢我们。他的管家也不喜欢我们，所以我们没有太多的时间去教琪琪说话。但是只要杰克陪在我身边，杰克有他心爱的鸟儿们，我们就很高兴了。"

"我想，杰克应该和我一样，是被送到这里学点东西的。"菲利普说道，"你很幸运——在我们煎熬地上课的时候，你可以玩，散步，做你喜欢做的事。"

"不，我不会。"女孩说，"我喜欢和杰克待在一起。这学期我们没在一起，所以我很高兴在假期的时候可以和他在一起。我认为他非常了不起。"

"好吧，我妹妹黛娜可从来不会这么看我，"菲利普说，"我们总是吵架。嘿——那是杰克吗？"

一个男孩正朝菲利普走来。他的左肩上坐着鹦鹉琪琪，她用嘴轻轻地蹭着杰克的耳朵，低声说着什么。男孩挠挠鹦鹉的脑袋，用和他妹妹一样的绿色眼睛盯着菲利普。他的头发比他妹妹的更红，脸上也满是雀斑，以至于都找不到一个没有雀斑的地方，因为雀斑上面似乎还长着雀斑。

"你好，'小雀斑'。"菲利普说着，咧嘴一笑。

"你好，'草丛头'。"杰克也咧嘴一笑。菲利普举起手，摸摸像草丛一样，总是翘起来的刘海。他无论用多少水，梳多少次，都不能让他的刘海长时间保持服帖。

"把你的脚擦干净。"琪琪严肃地说道。

"琪琪没事就好,"女孩说,"她不喜欢去陌生的地方,我觉得这就是她飞走的原因。"

"她并没有飞远,露西安,"杰克说,"我敢打赌,如果这位'草丛头'在山坡上听到琪琪说话,一定会吓一大跳。"

"我的确是吓了一大跳。"菲利普说。然后他就把之前发生的事情告诉了他俩。杰克和露西安都大笑起来,琪琪也咯咯笑了起来,那笑声简直就像是人类发出来的一样。

"天哪,我真高兴你和露西安来到这儿。"菲利普说。他感觉已经有好多天没有这么开心了。他非常喜欢这对红头发、绿眼睛兄妹的长相。他们会成为好朋友的。他想给兄妹俩看看他养的宠物,还想和他们一起散步。菲利普觉得杰克大约十四岁,比露西安大几岁,也比他自己大一些。遗憾的是黛娜不在,不然自己就有三个年龄相仿的玩伴了。黛娜十二岁。只是她是个急性子,又容易和人争吵,可能会惹出点什么事儿来!

菲利普心想:"露西安和杰克的关系,与我和黛娜的关系真是不一样。"露西安显然很崇拜杰克,而菲利普简直无法想象黛娜像露西安对杰克那样,对自己言听计从,成天围着自己打转,为自己干这干那。

"好吧,人和人还真是不同。"菲利普心想,"不过,黛娜还算是个好妹妹,即使我们有时会争吵和打架。没有我,她在陡峭山庄的日子肯定过得很煎熬。我打赌波莉姨妈正监督她努力学习呢。"

对菲利普来说，这真是愉快的一天：喝下午茶的时候，他坐在那里欣赏杰克肩上的鹦鹉，时不时地发表自己的评论；他还能看着露西安眨着亮晶晶的绿眼睛，去捉弄笨笨的大个儿山姆，招惹抱怨鬼奥利弗。现在气氛开始活跃起来了。

杰克和露西安的确使气氛活跃多了，暑期补习班因为有杰克和露西安的陪伴变得更加有趣。

第2章
交朋友

　　暑期补习班的老师罗伊先生忙着督促孩子们努力学习，因为那是他的工作。他整个上午都在指导学生，耐心地一遍又一遍地讲解着所有东西，确保他们都能理解。他要求学生集中精力听讲，一般来说，学生们通常都能做到。

　　至少，除了杰克以外的学生都在专心听讲。杰克只对有羽毛的东西感兴趣。

　　罗伊先生批评杰克说："如果你能像钻研那本鸟类的书一样研究几何的话，你在任何班级都会成为尖子生。你气死我了，杰克·特伦特。你把我气得都不知道说什么了。"

　　"用你的手帕擦擦。"鹦鹉非常没礼貌地说。

　　罗伊先生生气地咂了一下舌头说："总有一天我要扭断那只鸟的脖子。杰克，你别说什么琪琪在你的肩上你才能学习。还有菲利普，身上总是窝藏着各种讨厌的小动物，我真是越来越受不了这个暑假补习班了！这里只有露西安一个人在好好学习，但她还不是来这补课的。"

　　露西安喜欢学习。她喜欢坐在杰克旁边，和杰克一起做布

009

置给他的一样的作业。杰克则在走神，满脑子都是他刚刚读到的关于塘鹅和鸬鹚的知识，而露西安正在做应该由杰克完成的作业。她也喜欢看菲利普，因为她总是无法预料有什么动物会从他的袖子、衣领或者口袋里跑出来。昨天，一条异常巨大的色彩鲜艳的毛毛虫，从他的袖子里爬了出来，这让罗伊先生非常恼火。今天早上，一只小老鼠离开了菲利普的袖子去探险，径直爬上了罗伊先生的裤腿。

在罗伊先生试图驱赶老鼠的这十分钟，整个班级都乱成了一锅粥，难怪他这么生气。他平时是一个耐心友善的老师，但对任何一个班级来说，像杰克和菲利普这样的男孩都是令人头痛的。

罗伊先生通常会在早晨布置大量的功课，下午被用来预习第二天的内容，写出早上作业的答案，晚上则是完全自由的。因为补习班只有四名男孩，罗伊先生可以对每个学生进行单独辅导，给他们查漏补缺。他之前是个非常成功的老师，但是这个暑假补习班的效果并没有达到他的预期。

山姆，这个班上的大个子，又笨又迟钝。奥利弗则总是在抱怨，觉得自己很委屈，一点儿都不想学习。杰克简直就是孺子不可教，他有时不那么专心，尝试去指导他根本就是浪费时间。他只对和鸟类相关的东西感兴趣。"如果自己有羽毛的话，杰克就有可能什么都听我的了。"罗伊先生想，"我之前从未见过这么痴迷鸟的人了。我相信他熟知世界上的每一种鸟蛋。他脑子很好，但是他绝不会把它用在任何不感兴趣的事情上。"

菲利普是唯一一个表现出些许进步的男孩，尽管他还需要进一步的考察，因为那些各种各样奇怪的宠物。那只老鼠！罗伊先生想起那只老鼠沿着自己的裤腿往上爬的感觉，不禁地抖了一下。

露西安是唯一一个在认真学习的人，但她其实并不需要补习。她来这个补习班，只是不想和她古怪的哥哥杰克分开。

杰克、菲利普和露西安很快就成了好朋友。杰克和菲利普对所有动物的共同热爱，使他们能聊到一块儿。杰克以前从来没有男生朋友，他现在很享受菲利普的笑话和揶揄。露西安也喜欢菲利普，只是在杰克表现出他对菲利普的喜爱时，她才有些嫉妒。琪琪也喜欢菲利普。只要菲利普挠她的脑袋，她就会发出滑稽的低鸣声。

琪琪一开始就让罗伊先生感到非常恼火，她不时的插话，打扰了早晨的课堂。倒霉的罗伊先生经常擤鼻涕，每次他一擤鼻涕，琪琪就会评论一番。

"别擤鼻涕了！"鹦鹉一用责备的口气说道，五个孩子就哈哈大笑。因此，罗伊先生禁止杰克把琪琪带进教室。

但是，情况变得更糟糕了。琪琪十分愤怒，因为她被关在教室外的花园里，不能坐在她心爱的主人的肩膀上。琪琪坐在半开着的窗户外面的灌木丛中，用高声且刺耳的声音发表着评论，似乎是在针对倒霉的罗伊先生。

当罗伊先生解释一些历史事实的时候，这鹦鹉就插话道："不要废话了！"

罗伊先生恼羞成怒地擤着鼻涕。"你的手绢呢?"琪琪立刻呛声道。罗伊先生走到窗前,对着琪琪挥手大喊,想把她吓跑。

"淘气包。"琪琪纹丝不动,"快给我上床睡觉,你这个淘气包。"

对这样一只鸟,你真的是束手无策了。罗伊先生只好放弃,让鹦鹉像开始那样重新坐回杰克的肩膀上。杰克有琪琪在身边的时候,能够更认真地学习,而琪琪在教室里也比被关在外面更安静。罗伊先生现在就盼着暑期班早点结束。四个男孩和一个女孩,还有鹦鹉和菲利普的那些各种各样的动物回家了,他就会非常高兴。

每天喝完下午茶后,菲利普、杰克和露西安就丢下大个子山姆和抱怨鬼小奥利弗,单独出去玩。当男孩们聊着他们熟知的鸟和其他动物的时候,露西安就一边听着,一边蹒跚地追上他们的步伐。无论他们走得多远,爬上多陡峭的山坡,露西安都一直跟着,她并不想让亲爱的哥哥离开她的视线。

菲利普有时会对露西安感到不耐烦,他心里想:"谢天谢地,黛娜不会像露西安缠着杰克那样缠着我,真不知道杰克怎么受得了她。"

但是,杰克并不介意露西安的跟随。尽管他似乎没怎么关注露西安,甚至都不怎么和她说话。但他从来没有对她不耐烦,也从未表现得急躁或者生气。菲利普想:"露西安在杰克心目中的地位仅次于他的鸟。不过,有人关心露西安总是件好事,因为她似乎没有太多自己的生活。"

三个孩子互相倾诉起了自己的情况。杰克说："我们的父母去世了，我们甚至都记不起他们的样子。他们死于一起空难。从那时起，我们被送去和杰弗里伯父生活。他又老又暴躁，还总是对着我们唠叨。他的管家米格斯太太也不喜欢我们回家过暑假，你一听琪琪说的话，就知道我们在家的处境了：把你的脚擦干净！别擤鼻涕了！马上换鞋！你的手帕哪儿去了？我告诉过你多少次不要吹口哨了？你就不能关上门吗，笨蛋？"

　　菲利普大笑了起来："好吧，如果琪琪的话，就是你们在家里听到的话，那你们的生活真的是相当糟糕了。虽然我们过得也不怎么顺心，但还是比你和露西安好太多了。"

　　"你的父母也去世了吗？"露西安问道。她那双绿色的眼睛像猫眼一样盯着菲利普。

　　"我们的父亲也去世了，他没给我们留下什么钱。"菲利普回答，"但我们还有母亲，虽然她不和我们住在一起。"

　　"为什么？"露西安惊讶地问道。

　　"是这样的，她有一份工作。"菲利普回答说，"她的收入能支付我们上学和补习的费用。你知道吗，她经营着一家艺术品中介机构，接受制作海报、图画和其他东西的订单，让艺术家为她完成这些订单，然后她按销售额拿佣金。她是一个非常成功的女商人，但是我们并不会经常见面。"

　　"她人好吗？"杰克问道。因为他已经没有了对母亲的记忆，所以不由得对其他人的母亲很感兴趣。菲利普点了点头。

　　"她挺好的。"当菲利普想到自己目光敏锐而美丽的母亲时，他就为她的智慧而感到自豪。但当他想到母亲为了飞来看望他们而变得有些憔悴的时候，他就在心里暗暗心疼。有一天，菲利普心想，总有一天他会成为一个聪明的人，能赚钱，能独当一面，让他辛勤工作的母亲能轻松一些。

"你就像我们一样，和你的伯父住在一起？"露西安问道，摸着一只突然从菲利普的口袋里冒出来的灰色小松鼠。

"是的。"菲利普说，"黛娜和我一直跟乔斯林姨父和波莉姨妈住在一起。乔斯林姨父简直是个不可理喻的人。他总是购买和研究旧论文、旧书和旧文件，还为它们整理归档。他的终生事业，就是研究我们生活的那部分沿海地区的历史，包括那里发生过的战役，还有令人血脉偾张的焚烧和杀戮。他正在为此创作一部全史，但是他确定一两个史实都要花一年的时间。我觉得，他起码得活到四五百岁，才能完成书的四分之一。"

其他两个人都笑了起来。他们的脑海中浮现出一个老学究正在研读泛黄且充满霉味的文献的画面。露西安心想，那真是浪费大好时光。她更想知道波莉姨妈是个什么样的人。

"你的姨妈是个什么样的人？"她问道。菲利普皱了皱鼻子。

"有点儿刻薄，"他回答说，"不过她真的是个好人。她的工作太劳累了，也没什么钱，除了勤杂工老乔，老房子里没有其他用人。她把可怜的黛娜当用人指使，但是她可指使不了我，所以她就算把我给放弃了。黛娜害怕波莉姨妈，比起我，她更听她的话。"

"你们家是什么样的？"露西安问道。

菲利普说:"那可是一幢有趣的老房子,有几百年的历史,一半都已经变成废墟了。房子大得离谱,四面透风,建在一座陡峭悬崖的半山腰上,几乎在一场暴风雨中被淹没。但我喜欢这座老房子,因为它荒僻又奇特,周围还有海鸟的叫声。你也会喜欢这房子的,'小雀斑'。"

杰克也觉得自己会喜欢这房子的,它听起来真令人神往。他的家就很普通,只是一个小城镇上一排房子中的一座。但是菲利普的家听起来就很刺激。当杰克闭上眼睛时,他完全能感觉到海风、海浪与海鸟近在咫尺,而且似乎能听到这些声音混杂在一起。

"起床了,起床了,懒虫。"琪琪边说,边轻轻地啄着杰克的耳朵。他睁开眼睛,笑了起来。这只鹦鹉有时候还真能说出很适合的话。

"我希望我有机会参观你们的家陡峭山庄。"他对菲利普说,"这房子听上去就会发生一些激动人心的事情,一些惊心动魄的冒险。在我们居住的利普顿,什么事都不会发生。"

"其实在陡峭山庄也没有什么事情发生。"菲利普说。他把那只小松鼠放回口袋里,从另一个口袋里掏出一只刺猬。这刺猬是个小婴儿,它的刺还没有硬化和定型。它似乎在菲利普的口袋里住得很开心,还有一只非常大的蜗牛和它住在一起。大蜗牛一直小心翼翼地待在自己的壳里。

杰克说:"我真希望我们能跟着你一起回陡峭山庄。我想看看你的妹妹黛娜,虽然她听起来有点像只小野猫。我还很想看

015

看海岸上所有的珍稀鸟类。我也想看看那幢一半是废墟的老房子。想想住在一幢快成废墟的老房子里真是太棒了。你都不知道自己有多幸运。"

菲利普一边从大家坐着的草坪上站起来，一边说道："如果你不得不从几公里外，把热水运到屋里唯一的浴室里，你就不觉得自己是幸运的了。起来吧，是时候回去了。你永远都不可能参观陡峭山庄，即使你看到它，也不会喜欢的。这样的讨论有什么用呢？"

第3章
两封信和一个计划

　　第二天，菲利普收到了黛娜的来信。他把信给其他人看了。

　　"黛娜的日子可不好过。"他说，"还好我就要离开这里了。有我在家，她会好过很多。"

　　亲爱的菲尔［黛娜在信中是这样称呼菲利普的］：

　　你怎么还不回来？我并不是说和你吵架有什么好的，但是我一个人还是很孤单的，这里除了姨父、姨妈，还有比以前更愚蠢的乔以外，就没有其他人了。乔昨天告诉我，不要在晚上下山去，因为有"东西"在游荡。他真是疯了。游荡的除了我以外，就只有海鸟了。今年我们这里可有成千上万的海鸟。

　　看在老天的分儿上，这个暑假，你可千万不要把任何小动物带回家了。你知道我是多么讨厌它们的。如果你再带一只蝙蝠回来，我会没命的，如果你胆敢像去年那样，尝试着训练你的蠼螋，我就会用椅子砸你的头！

　　波莉姨妈让我干很辛苦的活儿。我们整天洗洗涮涮打扫卫生，老天知道这是为了什么，因为根本没有人来家里。我很高兴马上又要开学了。你什么时候回来？我希望我们可以想办法赚点儿钱。波莉姨妈因为无力支付账单担心得要死，姨父发誓他没有钱，即使他有钱，也不会给她。我想如果我们问妈妈要，她会多寄点钱。但是无论怎样，让她像以前一样辛苦工作，简直太可怕了。再和我说说关于"小雀斑"和露西安的事情吧。听上去，我挺喜欢他们的。

你亲爱的妹妹

黛娜

杰克读完信，把信还给了菲利普。他想，黛娜挺有趣的。"还给你，'草丛头'。"他说，"黛娜似乎挺孤独的。喂，罗伊先生正在叫我呢。我去看看他想要干什么。我估计会有更多的功课。"

在信箱里，还有一封给罗伊先生的信，是照顾杰克的杰弗里伯父的管家寄来的。这封信简明扼要。

罗伊先生读了信后有些惊慌，立刻把杰克叫了进来，给他看这封信。杰克读了信，也惊慌失措起来。

亲爱的罗伊先生 [信中说]：

特伦特先生摔断了腿，他不想让孩子们回来过暑假。他想知道你是否愿意把他们留在你身边，他寄了这张支票来支付因此多出来的费用。他们可以在学校开学前两天回来，帮我整理他们需要的衣服。

埃尔斯佩思·米格斯
谨上

"哦，罗伊先生！"杰克哀号了一声，他不喜欢他的家，但是他更不想和罗伊先生还有爱抱怨的奥利弗待在一块儿，相比之下，他宁愿回到他脾气暴躁的伯父那儿，"我不明白为什么露西安和我不能回去，我们都不会靠近伯父的。"

罗伊先生同样不希望杰克继续留在自己身边。想到要和那只鹦鹉哪怕再多待一天，他都感到恐慌。他这辈子没有像讨厌琪琪这样讨厌过其他东西。他可以管教没有教养的男孩，但可管教不了粗鲁的鹦鹉。

"这么样吧，"罗伊先生噘起嘴，厌烦地看着琪琪，"我确定我不想留你在这儿了，因为你在这里纯粹是浪费时间。你什么都没学到，而我不知道自己还能怎么教你。很明显，你的伯父不想让你回去。你看，他寄了一张数额很大的支票来支付你们留下来的费用。但是我还有其他的安排。既然只有奥利弗在这儿，我打算出去做一次小小的拜访。真的，我希望能找到一个安顿你和露西安的地方。"

杰克回去找到了他妹妹和菲利普，他看起来还是有些惊慌失措，露西安立刻用胳膊挽住了他。

"你这是怎么了？发生什么事情了？"

"伯父不想让我们回去了，"杰克回答，并向他们解释了这封信的事，"罗伊先生也不想让我们待在这里。所以，看起来现在似乎没有人关心我们了。露西安。"

三个孩子面面相觑。接下来，菲利普忽然灵机一动。他一把抓住杰克，几乎把琪琪都撞得失去平衡摔下来。

"杰克！你们和我一起回家吧！你和露西安可以来陡峭山庄住！黛娜肯定会很开心的。你也可以和海鸟度过一段美好的时光。怎么样？"

杰克和露西安又兴奋又高兴地看着他。去陡峭山庄？和老学究姨父，急性子的姨妈，还有一个傻乎乎的仆人，一起住在一个一半是废墟的老房子里，每时每刻都能听到大海的声音？那真是太令人刺激了！

杰克叹了口气，摇了摇头。他知道孩子的计划很少能得到大人们的认可。

"这是行不通的。"他说，"杰弗里伯父很可能会说不，罗伊先生也一样，你的姨父和姨妈不会愿意照顾更多的孩子的。"

"他们会愿意的。"菲利普说，"只要你把杰弗里伯父给罗伊先生的支票给他们，我敢打赌我姨妈会非常高兴的。因为这样一来，这笔钱就可以支付黛娜在信中提到的账单了。"

"噢，菲利普，噢！杰克，让我们一起去陡峭山庄吧！"露西安请求道，她那双绿色的眼睛闪闪发光，"那是我在这个世界上最想去的地方了。杰克，如果我们继续留在这里，你知道我们会妨碍到别人，我敢肯定，如果琪琪对罗伊先生说更多粗鲁的话，他总有一天会杀了她的。"

琪琪发出了一声可怕的尖叫，把头埋进杰克的脖子旁边。"琪琪，"杰克说，"没关系的。我不会让任何人伤害你。露西安，老实说，请求罗伊先生让我们去陡峭山庄并不明智。他认为让我们留在这里是他的责任，我们将不得不留下来。"

"好吧，既然这样，那我们就不问他，直接走吧。"露西安冲动地说。

男孩们盯着她，没有说话。这倒是个办法。不问，直接走！好吧，为什么不呢？

"如果我们大家一起去陡峭山庄应该会没事的，真的没事。"菲利普说道，尽管他其实也不确定会不会没事，"你看，一旦我们已经到那儿了，我的姨父和姨妈就不好意思把你们拒之门外了，我可以让波莉姨妈给罗伊先生打电话，向他解释清楚，让他把杰弗里伯父的支票寄给她。"

"我们走了，罗伊先生也会很高兴的。"露西安说，她此刻心里想的却是，能认识黛娜该多有趣啊，"杰弗里伯父也根本不会在乎我们。所以让我们一起走吧，杰克，一起走吧。"

"好吧，"杰克突然让步了，"我们一起离开这里吧。'草丛头'，你的火车什么时候到？我们可以对罗伊先生说，我们要去车站送你，然后在临开车的最后一刻，跳进车厢和你一起走。"

"哇！太棒了！"露西安激动地欢呼。

"你的手帕哪儿去了？"琪琪兴奋地问，在杰克的肩膀上前后摇晃，但是没有人注意到她。"可怜的老琪琪，"鹦鹉悲伤地说，"可怜的老琪琪。"

杰克抬起一只手，抚摸着鹦鹉，思考着逃生的路线和方法。"在前一天晚上，我们帮你运送行李的时候，把我和露西安的箱子也推到车站去。"他说，"没有人会注意到，我们的行李已经不在阁楼上了。我们可以在那个时候把票买好。现在谁身上有钱呢？"

他们三个把各自的钱凑在了一起。这些钱加在一起可能刚够买票。他们现在需要做的就是一起离开！既然已经下定决心，那么任何事情都不能阻止他们了。

所以，他们制订了计划。在离开的前一天，他们把菲利普的箱子从阁楼上拿下来，杰克也悄悄地取走了他们的行李，推进房间的一个大壁橱里。露西安在周围没有人的时候，把行李打包好了。

"先生，我要用手推车把我的行李推去火车站。"菲利普对罗伊先生说。这的确是符合常理的做法，罗伊先生点点头，没有多留意。他只希望杰克和鹦鹉也能一起去。

趁着没有被人发觉，男孩们设法把两个箱子都抬到了手推车上，精神抖擞地向车站出发了。逃跑似乎还挺容易的。山姆和奥利弗似乎没有注意到任何异样。山姆为自己马上就可以回家而兴奋，奥利弗则因为要继续留在这里，难过得根本无暇顾及他人。

第二天早上，菲利普很有礼貌地向罗伊先生告别："先生，谢谢您对我的帮助和指导，我想下个学期一定会很顺利的。再见，先生。"

"再见，菲利普，"罗伊先生说，"你干得还不赖。"

菲利普和罗伊先生握了握手，一只小老鼠从男孩的袖子里跑了出来，罗伊先生吓得缩回了手。菲利普把老鼠塞回了袖子。

"你怎么能让这么多小动物围着你乱转呢？"罗伊先生说，大声地擤了一下鼻涕。

"你的手帕哪儿去了？"鹦鹉立刻说道。罗伊先生瞪着她。像往常一样，琪琪站在杰克的肩上。

"我可以和露西安一起去车站送菲利普吗？"杰克问道。琪琪发出一阵大笑，杰克轻轻地拍了拍她："安静些！没有什么好笑的。"

"淘气包！"琪琪说，就好像她知道杰克脑子里有什么恶作剧一样。

"好的，你可以下山去送菲利普。"罗伊先生说道，他觉得能暂时摆脱这鹦鹉是件不错的事情。于是，三个孩子一起离开了，偷笑着互相看了看。琪琪也对罗伊先生说了最后一句话。"你就不能关上门吗？"她大喊道。罗伊先生愤怒地咂了一下舌头，砰的一声关上了门。当孩子们出发的时候，他听到了鹦鹉的笑声。

"要是我能再也看不到那只鸟就好了。"他心想，却不知道他的愿望即将实现。

杰克、露西安和菲利普到达车站时，时间还很充裕。他们找到了自己的行李，交给搬运工运上车。当火车启动的时候，他们找到了一个空车厢，坐了进去。没有任何人阻止他们。没有人能猜到其中的两个孩子正准备逃跑。孩子们都感到既兴奋又紧张。

"我希望你的姨父姨妈不会把我们送回来。"杰克抚摸着琪琪让她安静下来。她不喜欢这些火车的噪音，并且要求一列火车别"吹口哨"了。一位老太太似乎打算进入他们的车厢，但她听到琪琪发出了一声吓人的尖叫。老太太犹豫一下，匆忙地往前面的车厢去了。

火车终于开动了，发出了呼哧呼哧的声音。鹦鹉听了很兴奋，她告诉火车记得用手帕擦擦鼻涕，惹得孩子们大笑起来。火车开出了车站，孩子们可以看到远处山脚下，他们过去几个星期住的房子。

"噢！我们离开了。"菲利普高兴地说，"你们逃出来还挺容易的，不是吗？天哪，你和露西安能来陡峭山庄，一定会很好玩的。看到我们回去，黛娜一定会特别激动的。"

"去陡峭山庄！"露西安唱了出来，"去海边，吹海风，看海浪！去陡峭山庄！"

是的，向陡峭山庄出发！向孩子们想象不到的、狂野的、惊人的时光出发！向陡峭山庄出发！向大冒险出发！

第4章
陡峭山庄

　　火车在乡间疾驰，经过了许多车站，却很少逗留。它穿过连绵的高山，越过银色的河流，驶过大片散在各处的城镇，朝海边开去。

　　后来，火车来到了更偏远的乡村。海风从窗口吹了进来。"我已经可以闻到大海的味道了。"杰克说，海边他只去过一次，几乎想不起海的样子了。

　　火车最终在一个偏僻的小车站停了下来。"我们到了。"菲利普说，"出去吧。嘿，乔！我在这儿呢。你把那辆老爷车开来了吗？"

　　杰克和露西安看到一个长相怪异的人正向他们走来。他的皮肤皱纹很多，牙齿很白，当他盯着他们的时候，眼珠从一边向另一边转个不停。从他身后跑过来一个比露西安稍大一点的年轻女孩。她的个子比同龄孩子要高些，一头与菲利普相同的波浪形的棕色头发，连乱糟糟的刘海都一模一样。

　　杰克想："另一个'草丛头'，不过这一个脾气更厉害，她一定是黛娜。"

她确实是黛娜。她坐着那辆破旧的老爷车，和乔一起来接菲利普。她看到露西安和杰克时，惊讶地愣在了原地。杰克咧嘴一笑，可是露西安看到这个高大自信的姑娘，却突然有些难为情，躲到了哥哥的身后。黛娜看到琪琪，就更惊讶了，这鹦鹉正命令乔立刻去擦脚呢。

"注意下你的举止！"乔粗声粗气地说道，他对琪琪说话的语气就像是把她当成了一个人。琪琪竖起她的头冠，像一只小狗一样叫着。乔大为震惊。

"这是只鸟？"他问菲利普。

"是的。"菲利普说，"乔，把那个箱子放到车里。这是我两个朋友的行李。"

"他们也来陡峭山庄住吗？"乔十分惊讶，"波莉小姐没有说过你要带什么朋友回来。是的，她可没有这么说过。"

"菲利普，他们是谁呀？"黛娜走过来，加入了他们的对话。

菲利普说："这是罗伊先生的两个朋友。我之后会告诉你是怎么回事。"他向黛娜眨了眨眼睛，让她明白，他会等到乔不在的时候，再向她解释："这是我跟你提起过的'小雀斑'——你还记得吗，这位是露西安。"

三个孩子郑重其事地握了握手，然后全都钻进了这辆颠簸不稳的老爷车，车的后备厢还放着两个箱子。乔开车的方式在露西安看来简直再危险不过了。她紧紧地抓住车的一侧，吓了个半死。

汽车穿过岩石遍地、光秃秃的荒山。不久，他们就远远地看到了大海。高耸的悬崖是海陆之间的边界，但在这儿或是那儿总会存在一些缺口。这里的确是一处荒凉偏僻的海岸。一路上，他们经过了很多废弃的庄园和村舍。

"我告诉过你们的，这些房子都是在战争中被烧毁的。"菲利普说，"没有人去重建它们。陡峭山庄算是幸存下来了。"

"陡峭山庄就建在那个悬崖的后面。"黛娜用手指着说。其他人看到一座乱石嶙峋的高高的悬崖，沿着它往上看，突然一座小圆塔出现了，他们觉得那一定是陡峭山庄的一部分。

菲利普说："陡峭山庄虽然建在远离波涛汹涌的海面的地方，但是在暴风雨来临的夜晚，浪花敲击着窗户差不多就和拍打在海岸上一样猛烈。"

露西安和杰克都觉得这听起来很刺激。能住在一幢有海浪冲击着窗户的房子里，真是太有趣了。他们真的很希望自己住在这里的时候，能赶上一场非常棒的暴风雨。

"波莉小姐知道你们要来吗?"乔突然问道，他对这两个平白无故多出来的孩子感到困惑不解，"她可是没有向我提起他们。"

"她没有吗? 那太奇怪了。"菲利普说道。琪琪笑着又尖叫起来，乔不喜欢她发出的噪音，耸了耸鼻子。他肯定不会喜欢上琪琪的。杰克不喜欢这个男人看待他的宠物鸟的方式。

黛娜突然尖叫了一声，把菲利普从她身边推开："啊! 你的脖子下面有一只老鼠! 我都看到它探出的鼻子了。快点把它拿开吧，菲利普，你知道我最讨厌老鼠了。"

"哦，闭嘴吧，别像个傻子似的。"菲利普生气地说。黛娜的脾气一下子就上来了。她一把抓住菲利普的衣领摇晃着，试图把老鼠摇出来，把它吓跑。菲利普推了黛娜一把，她的头撞到了车的一侧。她立刻狠狠地甩了他一巴掌。杰克和露西安都惊呆了。

"坏蛋！"黛娜说，"我真希望你没有回来。带上你那两个讨厌的朋友，回去找罗伊先生吧。"

"他们并不讨厌。"菲利普语气温和地说，"他们可有意思了。"趁着乔不注意的时候，他在黛娜的耳边低声说："他们刚逃脱了罗伊先生的掌控。是我请他们来的。他们的伯父会向波莉姨妈支付他们在这里的费用。这样，她就可以支付那个你和我提过的账单了。明白了吧？"

黛娜的脾气真是来得快，去得也快。她饶有兴趣地盯着这对兄妹，揉了揉自己乌青的脑袋。波莉姨妈会说什么？他们在哪里睡觉呢？这将是令人兴奋的。

乔驾车在颠簸的石子路上一路向前。杰克在想，是否有车可以承受这样的驾驶方法。他们开上悬崖，沿着一条倾斜的环绕的隐秘路线，向陡峭山庄驶去。

突然，耸立在悬崖半山腰的陡峭山庄出现在

突然，耸立在悬崖半山腰的陡峭山庄出现在众人眼前，它的下面就是咆哮的大海。

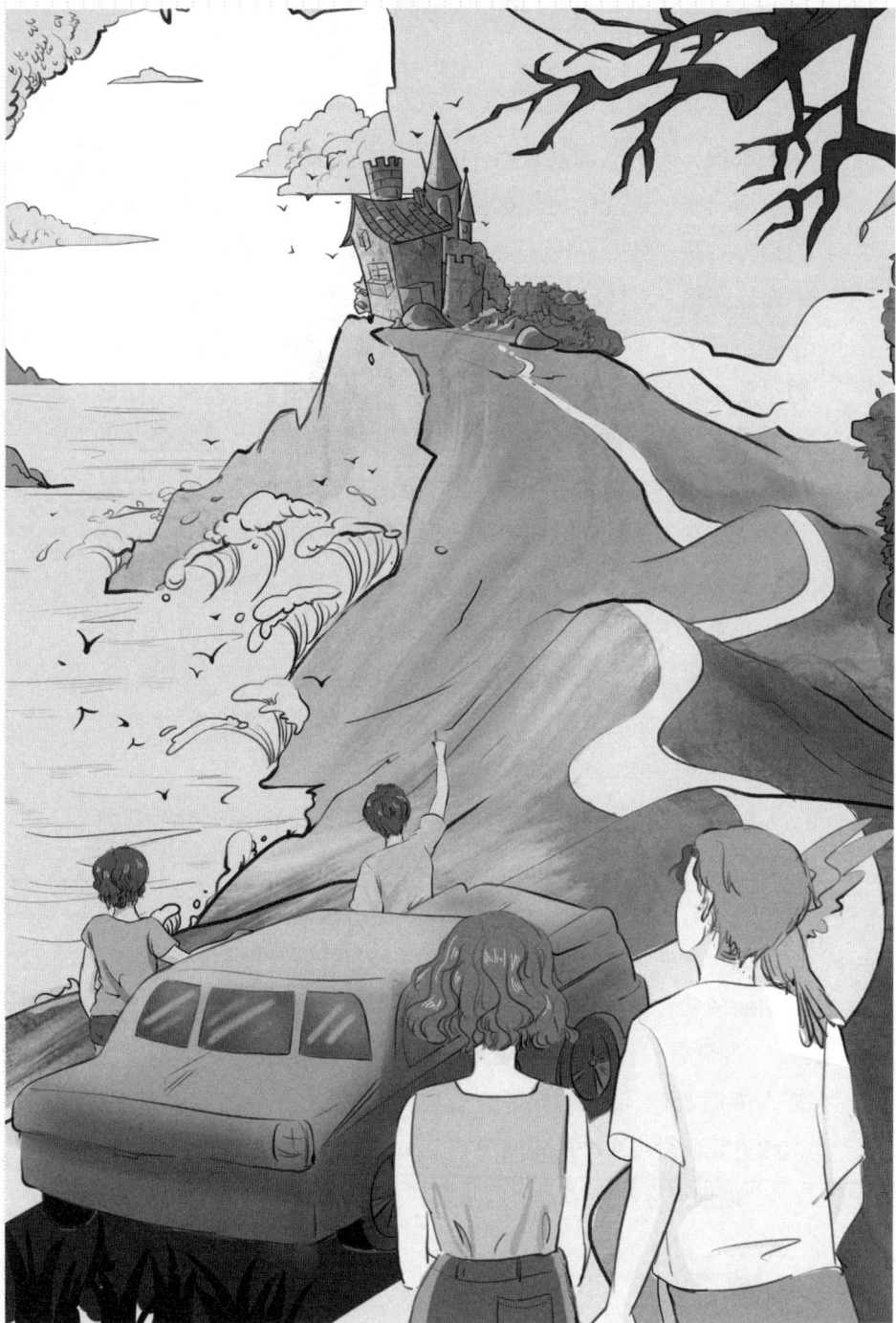

众人眼前，它的下面就是咆哮的大海。车子停了下来，孩子们从里面出来。杰克凝视着这幢陌生的房子。这里真是一个奇特的地方。房子曾经有两座塔楼，但现在只有一座还屹立着，另一座已经塌了。房子是由巨型的灰色石头建成的，巨大而丑陋，但是也带有一种莫名的庄严感。它以威严的姿态面对着大海，似乎蔑视着强劲的海风和汹涌的海水。杰克俯视着海面，那里盘旋着数以千计的野生海鸟。这真是一个完美的鸟类天堂。男孩的心已经在愉快地歌唱了。这真有数以千计的鸟，他可以尽情地研究它们，找到它们的巢穴，还可以在闲暇时为它们拍照。那将会是多美妙的暑假啊！

一个女人走到门口，惊讶地看着四个孩子。她很瘦，沙色的头发非常纤细。她看起来很疲惫，脸色不太好。

"您好，波莉姨妈！"菲利普边喊，边跑上了石阶，"我回来了！"

"我知道了，"他的姨妈说，轻轻地亲了一下他的脸颊，"他们是谁呢？"

"姨妈，他们是我的朋友。"菲利普有些着急地说，"因为他们的伯父摔断了腿，他们回不了家。所以，我把他们带到这里。他们的伯父会付钱给您的。"

"菲利普！你怎么能做这种事情？不和我打招呼就随随便便把人带回家！"波莉姨妈的声音尖厉起来，"他们睡在哪里呢？你知道我们没有多余的房间了。"

"他们可以睡在塔楼的房间里。"菲利普说。塔楼房！好棒！

杰克和露西安一听这话，就很激动。

"那里可没有床。"波莉姨妈一副不赞成的口吻，"他们必须回去，他们可以在这住上一晚，然后就得回去。"

露西安看起来都要哭出来了。波莉姨妈的语气里有一种让她受不了的强硬。她感到自己在这里并不受欢迎，心里十分悲伤。杰克用手臂搂住她，紧紧地抱了她一下。

他非常坚定地想留在这里。看到各种各样的鸟儿在滑翔、盘旋、高飞，他的心中充满了喜悦。哦，他太想躺在悬崖上看着它们了！他是不会回去的！

他们都进来了，乔提着箱子跟在后面。波莉姨妈嫌弃地看了看琪琪。

"还有一只鹦鹉呢！"她说道，"不守规矩、吵吵闹闹、声音尖厉的鸟！我从来都不喜欢鹦鹉。让你收养那些小动物已经够糟糕的，菲利普。更别说再来一只鹦鹉。"

"可怜的小波莉，可怜的老波莉。"琪琪出人意料地开口了。波莉姨妈看了看这只鸟，吓了一大跳。

"它怎么知道我的名字？"她吃惊地问道。

琪琪并不知道她的名字。原来琪琪以前常常被人叫成波莉①，她经常说"可怜的老鹦鹉"或是"可怜的老琪琪"，她看到自己给这个声音尖锐的女人留下了深刻印象，便轻轻地重复这些话，好像马上就要痛哭一场。

---

① 波莉，可以指鹦鹉的通称。这里正好与波莉姨妈的名字谐音。

"可怜的波莉！亲爱的波莉！可怜的亲爱的老波莉！"

"嗯，从来没有人这样叫我！"波莉姨妈说，她看着鹦鹉的眼神变得亲切多了。波莉姨妈常常感到不舒服、疲倦和不安，但没有人为此安慰过她，似乎就没有人注意到这些。现在，这里竟然有一只鸟同情她。这么多年过去了，从来没有人这么体贴地对她说话！波莉姨妈虽然觉得很奇怪，但还是很高兴。

"你可以把床垫搬到塔楼的房间，今晚你就和这个男孩睡在那儿。对了，他叫什么名字？"波莉姨妈对菲利普说，"这个女孩今晚可以和黛娜一起睡。床虽然小，但我也无能为力。你不告诉我一声，就带人回来，我可没有办法提前准备。"

孩子们坐下来饱餐了一顿。波莉姨妈的厨艺很棒。这顿饭像是茶点与晚餐的混合，不过都被孩子们统统塞进了肚子里。那天早餐后，他们吃的所有的东西就是罗伊先生给菲利普包好的一个三明治——一个三明治可满足不了三个饥肠辘辘的孩子。

黛娜打了个喷嚏，鹦鹉严厉地对她说："你的手帕哪儿去了？"

波莉姨妈惊喜地看着这只鸟。"嗯，这是我常对黛娜说的话呢！"她说，"那鸟看起来还挺聪明的。"

琪琪很满意波莉姨妈对她的赞扬。"可怜的波莉，可怜的亲爱的波莉。"她说着，讨好地把头歪向一边，明亮的眼睛忽闪忽闪地看着波莉姨妈。

"比起你，波莉姨妈更喜欢这鹦鹉呢。"菲利普咧嘴笑着对杰克小声嘀咕道。

饭后，波莉姨妈把菲利普带到姨父的书房里。菲利普敲门进去的时候，他的姨父乔斯林弯着腰，拿着一个放大镜正在研究一些泛黄的纸张。他朝菲利普哼了一声。

"你又回来了啊。你要规规矩矩的，可别在我面前碍手碍脚。暑假期间我会很忙的。"

"乔斯林，菲利普还带回来两个孩子和一只鹦鹉。"波莉姨妈说。

"一只鹦鹉？"乔斯林姨父问，"为什么带回一只鹦鹉？"

"乔斯林，这鹦鹉是菲利普带回家的一个孩子的。"波莉姨妈说，"菲利普希望能让他们留在这里。"

"不能收留他们。那鹦鹉倒是不用在意。"乔斯林姨父说，"如果你想留那只鹦鹉就留吧。如果不想留它，就请把它送走。我很忙的。"

他再次弯下腰研究起那故纸堆。波莉姨妈叹了一口气，关上了门。"他对过去如此痴迷，以至于忽略了当下发生的事情。"她像是在自言自语，又像是在和菲利普说话。

"好吧，我想我必须亲自给罗伊先生打个电话。他一定想知道，那些孩子现在在哪儿吧。"

她向电话机走去。菲利普紧随其后，想知道罗伊先生会说些什么。看到黛娜从起居室里偷偷地向外张望，菲利普朝着电话机的方向点了点头。但愿罗伊先生大发雷霆，不想让杰克和露西安回去！但愿波莉姨妈认为那支票的数额足够让他们留下！

第5章
留在陡峭山庄

过了很久，波莉姨妈才打通了罗伊先生的电话。罗伊先生又担心又困惑。罗伊先生发现杰克和露西安没有回来后，一开始想当然地认为他们又去散步了，一定是杰克发现了一只不同寻常的鸟，忘记了时间。

但随着时间的流逝，孩子们还是没有回来，他变得非常担心。他根本没想到他们可能和菲利普一起走掉了，否则他会马上给菲利普的姨妈打电话。

当菲利普的姨妈沙利文太太，告诉罗伊先生孩子们一切平安的时候，罗伊先生才松了口气。

"他们是和菲利普一起来这里的，"她的声音有些尖锐，"我真的无法想象会有人同意他们这么做。我不可能收留他们。"

罗伊先生的心沉了下去。他有那么一刻幻想着这下总算解决了杰克、露西安，还有那只讨厌的鹦鹉带来的麻烦。现在看起来问题好像还没有解决。

"好吧，沙利文太太。"罗伊先生彬彬有礼地说，尽管他感到愤愤不平，"我对此感到抱歉。这两个孩子是去给菲利普送行的，我想应该是菲利普说服他们跟他一起走的。真遗憾您不能在暑假的剩余时间收留他们，因为他们可能觉得和你们在一起会更开心。他们应该已经告诉过您，他们的伯父不能让他们回家过暑假了。他寄给我一张巨额支票，希望我收留他们。但是，如果您能照顾他们，我会很乐意把支票寄给您，特伦特先生也会同意的。"

电话的那一端沉默了会儿，沙利文太太问："这张支票有多少钱？"

当罗伊先生告诉她支票的数额后，她又是一阵沉默。这的确是一个非常慷慨的数额。沙利文太太的大脑在飞快地转动着。这两个孩子留下来不会多花什么钱。她也会看着他们，以免打搅到乔斯林。那个叫露西安的女孩还可以帮黛娜一起做家务。她能用这张支票还清几笔账单，这会让她轻松很多。

罗伊先生在电话的另一端等待着，充满期待。他一想到鹦鹉要再回来，就受不了了。杰克还可以让人容忍，露西安也挺不错，但琪琪绝对不行。

"好吧，"沙利文太太说道，她的声音流露出准备妥协的意思，"现在让我想想吧。这是挺困难的事儿，因为我们没有几间房了。我的意思是说，虽然这幢房子很大，但是其中一半已经成了废墟，大部分房间四面漏风，根本住不了人。但是，也许我们可以应付过来，如果我把塔楼的房间重新利用起来的话……"

菲利普和其他孩子听到沙利文太太所说的一切，高兴地交流着眼神。"波莉姨妈准备同意了!"菲利普低声说道,"哦,杰克,我敢打赌,我们可以住在那个古老的塔楼里了。我一直想住在那里,把它变成自己的房间,可波莉姨妈怎么都不愿意。"

"沙利文太太,如果您能从我手中接管这两个孩子的话,那真是帮了我的大忙。"罗伊先生语气恳切,"我马上给特伦特先生打电话。这事儿就让我来处理吧。我会立即把支票寄给您。如果您需要更多的钱,请尽管跟我说。我真的特别感谢您能接管这两个孩子。他们都很容易照看。露西安是个乖女孩,就是那只可怕的鹦鹉太粗鲁了,但您也许可以用个笼子把它关起来。"

"哦,我不介意那只鹦鹉。"沙利文太太说,这让罗伊先生非常吃惊。罗伊先生从电话里听到琪琪发出了一声响亮的叫声。那么,如果沙利文太太喜欢琪琪,那她一定是个了不起的女人!

其他的也没什么好说的了。沙利文太太说,当她再次收到罗伊先生的消息后,会写信给特伦特先生。同时,她承诺会在暑期剩余的日子里照看这两个孩子。

她咔嗒一声放下电话。孩子们都松了一口气。菲利普走到他的姨妈跟前。

"哦,太谢谢您了,波莉姨妈,"他说,"能有朋友们陪伴着我和黛娜真是太好了。我们会尽量不打扰姨父,尽力帮您干活。"

"亲爱的波莉。"琪琪亲切地说。她离开杰克的肩膀,跳到了波莉姨妈的肩上!孩子们惊讶地看着这一幕。真有琪琪的!她正在逗波莉姨妈开心。

"笨鸟!"波莉姨妈不太喜欢表现出自己的喜悦。

"天佑吾王。"琪琪又出人意料地说道,把每个人都逗笑了。

"菲利普,你和杰克就把塔楼的房间当成自己的房间吧,"波莉姨妈说,"跟我来,我看看怎么安排。黛娜,你去自己的房间,看你愿不愿意和露西安合住,或者她更愿意住菲利普的旧房间。这两个房间是互通的,也许你们会想要住两个房间。"

黛娜和露西安一起愉快地看房间去了。露西安希望她能睡在更靠近杰克的地方。塔楼的房间离她睡觉的房间可远呢!杰克带着琪琪来到一扇高高的窗户边,靠窗坐下,看着外面的海鸟不停地高飞和滑翔。

菲利普和他的姨妈来到塔楼的房间。他感到非常高兴。他已经越来越喜欢杰克和露西安了,想想自己将和他们一起待上好几个星期,真是让人不敢相信的好事儿。

两个人通过一条冰冷的石子路,来到一段狭窄而蜿蜒的石头楼梯前。他们爬上陡峭的台阶,沿着楼梯绕了一圈又一圈,终于走到了塔楼的房间。这是一个非常圆的房间,四面的墙壁很厚。它有三个狭窄的窗户,其中一个面向大海。窗户上根本没有玻璃,房间也漏风,鸟叫声和下面海浪的轰鸣声清晰可闻。

"恐怕这个房间对你们俩来说太冷了。"波莉姨妈说。菲利普立刻摇了摇头。

"我们不会介意的,波莉姨妈。即使窗户上有玻璃,我们也会开着窗户。我们没事,我们很喜欢这里。您看,那个老橡木柜,可以把我们的东西都装进去,还有这个木凳子也能用,我们可以再从楼下拿一小块地毯上来。我们现在只需要一个床垫。"

"嗯，可是我们不可能从这么狭窄的楼梯把床搬上来。"波莉姨妈说，"所以你们只能睡在床垫上了。我这儿有一张旧的双人床垫，应该够你们睡的。我会让黛娜拿笤帚和抹布稍微打扫一下房间。"

"波莉姨妈，再次感谢您安排的这一切。"菲利普有些不好意思。因为他有点儿害怕这个辛勤持家的姨妈，虽然他在这里已经度过了许多个假期，但他觉得自己仍然不是很了解她。"我希望，特伦特先生的支票能够支付所有的费用。我相信杰克和露西安不会花太多的钱。"

"嗯，菲利普，"波莉姨妈关上一个旧箱子的盖子，转头一脸愁容地对菲利普说，"孩子，你可别觉得我这个人总是夸大其词。实际上，你妈妈的情况也并不是很好，她寄来的钱也没有往常那么多。要知道，你们的学费是相当高的，我有点担心，不知道接下来要怎么办了。你现在已经长大了，也知道你的乔斯林姨父根本承担不起养活家庭的重任。我现有的钱也撑不了多久了。"

菲利普听了之后，有点惊恐。他的妈妈生病了！波莉姨妈没有像往常那样收到他妈妈的钱。这一切听起来都令他非常担心。

"我妈妈怎么了？"他问道。

"嗯，她说她现在十分瘦弱，而且咳嗽得厉害。"波莉姨妈回答，"医生说她必须好好地休养一段时间，如果可能的话，休养的地点最好是在海边，但是她怎么能放弃工作呢？"

菲利普立刻说："我不去上学了。我会找份工作，我不能让妈妈为我们劳累而死。"

"你不能那样做，"波莉姨妈说，"因为你还未满十四岁。不行！现在我照顾这两个孩子，就能从特伦特先生那里赚一点钱，情况会好起来的。"

"这个房子对您来说实在太大了。"菲利普说，突然注意到姨妈看起来有多累，"波莉姨妈，为什么我们一定要住在这里？为什么我们就不能去其他地方找一个不错的小房子住呢？那样您就不用这么辛苦，也不用住在这么荒凉的地方了。"

波莉姨妈叹了一口气说："我当然愿意。但是谁会买这样一个房子呢？一半已经被毁了，还在荒郊野外饱受风吹雨打？而且，我永远没法儿让你姨父搬家。他喜欢这个地方，他喜欢这整片海岸，他比世界上任何人都更了解这个地方。好了，我们这样空想也没什么用。我们只能继续在这里住下去，直到你和黛娜长大成人，能自食其力。"

菲利普心想："我以后一定要给妈妈一个家，让她可以和我、黛娜幸福地生活在一起。"他叫上了杰克，跟着姨妈下楼去拿旧床垫。两个男孩喘着粗气，好不容易把床垫从狭窄的楼梯扛了上来。琪琪用尖叫声给他们加油。干杂活的乔听到这个声音，皱起了眉头。他似乎觉得琪琪是在向他发出尖叫。琪琪发现自己的声音能惹怒乔后，她就喜欢出其不意地在他耳边大叫，吓得他蹦了起来。

乔把一张小桌子和杰克的箱子往楼上搬。把东西放在塔楼的房间后，他往窗外望去。菲利普心想，乔看上去有点暴躁，不是说他平时脾气很好，而是他的脸色看起来比平时更阴沉。

"你怎么了，乔？"菲利普问，他完全不害怕这个阴郁的仆人，"你是不是看到什么了？"

孩子们笑着讨论过乔觉得晚上有"东西"在游荡的说法。乔皱起了眉头。

"波莉小姐不应该使用这个房间。"他说，"不，她不应该这样做，我已经告诉过她了。这是一个不祥的房间。当薄雾散去时，从房间可以看到幽暗岛，看到幽暗岛可不是什么好事。"

"别傻了，乔。"菲利普笑着说。

"别傻了，乔。"琪琪模仿菲利普的声音重复了一遍。乔对着男孩和鸟皱起了眉头。

"嗯，菲利普少爷，如果你相信我说的，就尽量忍着不要去看幽暗岛。这是唯一可以看到幽暗岛的房间，这就是为什么它是一个不祥的房间。幽暗岛上从来没有发生过什么好事。坏人曾经住在那里，他们做尽了坏事，自从有记忆起，大家都记得那个岛有多邪门。"

乔留下这个非常奇怪的警告，就下楼去了。他皱着眉回过头，生气地瞪了两个男孩一眼。

"真是个有意思的家伙，对吧？"菲利普一边说，一边和杰克把床垫铺开，"他算是半疯半傻吧，无论如何他待在这里打杂就已经够傻了。他在别的地方其实可以赚到更多的钱呢。"

"他说的幽暗岛是什么?"杰克走到窗前问,"多么奇怪的名字啊!'草丛头',我什么岛都没看见。"

菲利普说:"你几乎看不到它,但它就在那儿,在西边,它周围有一片礁石,被海浪不停地冲击着,喷溅起很多浪花,似乎总有一团薄雾笼罩着它。尽管许多年前有人住在那里,但是现在那儿已经空无一人了。"

杰克说:"我想去那里。那个岛上肯定有成百只温驯又友好的鸟。要是能看到它们就太棒了。"

"温驯又友好?你是指什么,'小雀斑'?"菲利普惊讶地说,"你看这里的鸟儿,连琪琪都害怕!"

"啊,但是幽暗岛上的小鸟根本就不认识人类,"杰克说,"它们都不知道要学会小心谨慎。我可以拍一些很棒的照片。天哪,我真想去那里!"

"唔,"菲利普说,"据我所知,没有人去过那里,我也从来没有去过那里。你看,这是放床垫的最佳位置吗?我们不能把它放得太靠近窗户,因为雨会把它打湿了,这里经常会下雨。"

杰克说:"你想把它放哪里就放哪里吧。"他完全沉浸在被雾气笼罩的岛屿以及岛上的那些未知的鸟儿中。他幻想着在那里看到从未见过的鸟儿,他可能会发现稀有的鸟巢和蛋卵。他可能会拍到世界上最神奇的鸟的照片。不管乔的故事有多可怕,杰克仍然坚定地要去幽暗岛。

　　菲利普终于把最后一件衣服放进了箱子，他说："杰克，你都没帮上什么忙。我们走吧，琪琪。"

　　他们沿着狭窄蜿蜒的楼梯走下去找其他人。想到未来几周，没有作业，不用上课，只需要泡在海里，爬山和划船，他们一定会过得很开心。

第6章
日子一天天过去了

两个女孩决定两个房间她们都要。这是两个很小的房间，保持两个房间的整洁，比保持一个两个人住的房间的整洁更容易。

黛娜说："如果我们试图把所有的东西都放在一个房间里，那么就不会有剩余的空间放别的东西了。"露西安同意了。她上去看了塔楼的房间，非常喜欢。她喜欢没有玻璃窗的房间，因为这样几乎就和在户外睡觉一样好玩。小女孩儿从一扇窗户探出身去，感受着海风拂过她的头发。

女孩们的两个房间也能俯瞰大海，但与男孩们的房间方向不同，那里怎么样都看不到幽暗岛。杰克把乔的话告诉了露西安。她看上去十分惊慌。

"你不用担心，"菲利普笑着说，"乔的脑袋里总是充满了奇怪的想法和故事。他的故事根本就不是真的。我觉得他只是喜欢吓唬人。"

第一次在陡峭山庄睡觉，感觉很神奇。露西安听着下面海浪拍打岩石的轰鸣声，久久未能入睡。她还听到了呼呼的风声。

这里和杰弗里伯父住的那个安静的小镇太不一样了。在那儿，一切仿佛都是死气沉沉的。但这里有各种嘈杂的声音，她的嘴唇上沾着的盐的咸味，以及海风拂过头发的感觉。这太令人兴奋了。在偏僻的陡峭山庄里，任何事情都可能发生。

杰克在塔楼的房间里也一直醒着，菲利普早已在他旁边的床垫上呼呼大睡。杰克起身走到窗前。海风通过窗户灌满了整个房间。杰克探出头，望下看了看。

一轮小小的月亮在云中匆匆而过，下面是漩涡般的海水。涨潮时，潮水冲击着黑色的礁石。溅起的水沫被风挟带着一路向上。虽然杰克房间的地势很高，但他仍然感受到些许水沫打在自己的脸颊上。他舔了舔嘴唇，尝到了海水美妙的味道。

夜色中，一只鸟在啼叫，听起来悲伤而哀婉，但杰克喜欢这声音。这是什么鸟？是一种他不认识的鸟吗？大海在下面不断地撞击着，却被阵阵海风消弭于无形。杰克冷得打起哆嗦来。虽然现在是夏天，但陡峭山庄建在了风口的位置，周围总是有劲风吹过。

他猛然跳了起来，因为有什么东西碰到了他的肩膀，他的心剧烈地跳动着，然后笑了起来。原来是琪琪。

无论在哪里，琪琪总是和杰克睡在一起。通常，她会坐在床头的扶手上，把大脑袋藏在翅膀下面。但现在没有扶手可坐，只有一张平放在地板上的床垫。

琪琪在箱子上找到了一个并不舒服的落脚地。当她听到杰克在窗边时，她马上飞到了她平常最喜欢待的地方——杰克的肩上，把他吓得跳了起来。琪琪依偎着他说："去睡觉吧，淘气的小子。去睡觉吧！"

杰克咧嘴一笑。琪琪偶尔还真能说出应景的话，真是挺有意思的。他摸摸她的脑袋，小声对她说着话，以免吵醒菲利普。

"明天我会搭个睡觉的地方，琪琪。"他说，"我知道，你这样站在箱子边是睡不好觉的。现在我要去睡觉了。这真是一个疯狂的夜晚，对吗？但是我还挺喜欢的。"

他回到了床上，冷得有些发抖，不过很快就暖和起来了。他蜷缩着身子靠着菲利普的背睡着了。梦中，他看到了成千上万的海鸟温驯地走过来让自己拍照。

杰克和露西安毕竟在一个普通的小镇上的一个普通的小房子里生活多年，他们起初对陡峭山庄的生活还是有点不习惯。

这里没有电灯，冷水和热水不是从水龙头里流出来的。街角没有商店，当然也没有花园。

每天都有些油灯要清理和修剪灯芯，蜡烛要放到蜡烛台上，水需要从一口深井中打上来。杰克对这口井很感兴趣。

房子后面有一个很小的院子，紧贴着这怪石嶙峋的峭壁，供应家里用水的那口井就在这个院子里。杰克和露西安惊讶地发现，这井水竟然不是咸咸的海水。

"不是，这完全是纯净的饮用水，"黛娜用链条提上来一桶很重的水，"这口井直接打到了下面的岩层，比海床还要深。打上来的水清澈冷冽。你们尝尝。"

这水真好喝，味道简直就和孩子们酷暑时喝的冰水一模一样。杰克朝着这口幽暗的深井望了一眼。

"我想坐着那个桶下去，看看这井有多深。"他说。

"如果你被卡住上不来，就不会觉得好玩了。"黛娜咯咯地笑着，"拜托，杰克，你就帮帮我吧。别在那里做梦了。你总是在做白日梦。"

"你的性子总是那么着急，不耐烦。"站在一旁的菲利普说。黛娜愤怒地看了他一眼。她一下子就生气了——激怒黛娜是件再容易不过的事情。

"嗯，如果你像我和露西安那样，被要求做那么多事，你也会变成急性子。"她回呛道，"我们走吧，露西安。让他们去干自己的事情吧。反正男孩子都不怎么样。"

"好吧，趁我没打你之前，你就走吧。"菲利普紧跟在她后面说，在被彻底惹怒的黛娜追上之前他就一溜烟地逃开了。露西安对他们兄妹间不断的争吵感到困惑和震惊。不过，她很快就发现他们和好得也快，就对此习以为常了。

买东西对他们来说可是件麻烦事。这意味着乔不得不把那辆老爷车开出来，带着一张很长的购物清单，去离这里最近的村庄采购，每周两次。如果什么东西忘买了，就只能等到下次购物。蔬菜是乔自己在一块小园地种的，就在房子后面悬崖的一个斜坡上。

"我们和乔一起去吧，还可以兜兜风。"一天早晨，露西安建议，但菲利普摇了摇头。

"不行。"他说，"我们已经问过乔许多次了，但他就是不带我们。他总是拒绝。他说如果我们上车的话，就会把我们推出来。我曾经上过一次他的车，但他真的像他说的那样，把我推出来了。"

"那个大坏蛋！"杰克惊讶地说，"我真奇怪你们怎么能忍受得了他。"

"唉，可是还有谁会愿意来我们这个荒凉的地方工作呢？"黛娜说，"没有人会愿意的。如果乔不是这么怪异，他也不会愿意的。"

尽管如此，露西安还是问了乔，购物的时候是否可以跟他一起去。

"不行。"乔沉下脸，厉声地说。

"求你了，乔。"露西安恳切地看着他。通常，当她非常想要得到一样东西的时候，这种撒娇总是管用的，可是在乔身上并不奏效。

"我已经说过了，不行。"乔重复了一句，走开了。他强壮的双臂在身体两侧摆动着。露西安盯着他的背影。他真是太可怕了！为什么他去购物的时候，就不能把他们带上呢？她觉得乔的脾气太坏了。

在陡峭山庄的日子挺有意思的，尽管有些事情很麻烦。比如，热水澡只能一周洗一次。如果他们想要每天洗热水澡的话，就需要有人点燃铜炉，并愿意拎着水桶沿着数公里的石头通道，把一桶桶的热水运到整栋房子里唯一的一个浴缸里。这个浴缸被安置在一个被称为浴室的小房间里。

这样做了一次后，杰克就觉得他不用在意是否能在陡峭山庄洗上热水澡了。他宁愿每天在海里洗两三次澡，来代替热水澡。

两个女孩被要求做家务，她俩都竭尽全力了。波莉姨妈则负责做饭。乔斯林姨父几乎不露面，连吃饭都不见他的人影。波莉姨妈把三餐送到他的书房里，孩子们在家里几乎都忘记了他的存在。

男孩们每天都得从井里取水，把木头搬到厨房去，给油炉的炉头加满油。他们还要和女孩们轮流清理油灯，修剪灯芯。没人喜欢做这个，因为它总是会把人弄得很脏。

乔则要维护车子和照看菜园，做一些清洗被海盐淤塞的窗户的力气活儿，还有其他各种杂务。他有一艘属于自己的船，船体坚固，还有一张小船帆。

"他会让我们使用这船吗？"杰克问。

"他当然不会啦。"菲利普语带讽刺地说，"你最好不要没经过他的许可就去开。如果你这样做的话，他会揍你的。那只船是他的掌上明珠。他绝不会允许我们踏上半步。"

杰克过去看了看船。这确实是一艘很好的船，应该会花费很多钱。它最近刚被粉刷过，状态一流。船桨、桅杆、船帆一应俱全，还有很多钓具。杰克非常期望乘着这船出海。

但是，就在他站在那里看着船，想试试自己敢不敢把脚放进去，感受一下小船在他脚下轻轻摇晃的感觉时，那个杂工出现了。他的脸比平时更阴沉了。

"你在干什么?"他翻了个白眼问道,"那是我的船。"

"好吧,"杰克有些不耐烦地说,"可我就不能看看吗?"

"不能。"乔皱着眉头说。

"淘气包。"琪琪对着乔尖声叫道。乔看起来好像要拧掉她的脖子。

"嗯,你可真是一个讨人喜欢的家伙。"杰克一边说,一边从船边走开了,他突然对阴沉的乔有些害怕,"但是,让我告诉你吧,无论怎样,我都会坐船出海,你是阻止不了我的。"

乔眯着眼睛看了看杰克,嘴角一抽。这惹是生非的小子!如果可能,乔肯定会阻止他,让他什么都做不成!

第7章
神奇的发现

　　如果没有乔，孩子们干完了每天安排给他们的活儿之后，在陡峭山庄的日子还是非常愉快的。在这个地方有很多好玩的事情可以做：在风平浪静的避风湾里游泳，乐趣十足。在悬崖上黑暗又潮湿的洞穴里探险也很有趣。用根钓鱼线在礁石上钓鱼同样令人兴奋，因为这样也能捕获相当大的鱼。

　　但是乔的怒气和不断的干扰破坏了这一切。不管孩子们在哪里，他似乎总是如影随形。如果他们在洗澡，他的黑脸就会出现在岩石附近。如果他们在钓鱼的话，他就会生气地走到礁石上，告诉他们这是在浪费时间。

　　"哦，乔，让我们自己待着吧。"菲利普不耐烦地说，"你表现得好像是我们的监护人！天哪，你就管好自己的工作，让我们去做我们想做的事情吧。我们又没有做什么坏事。"

　　"波莉小姐嘱咐过我，要对你们留点神。"乔沉着脸说，"她对我说，不要让你们陷入危险之中。你明白了吧？"

　　"不，我不明白，"菲利普生气地说，"我只看到，无论我们去哪儿，你都会冒出来，坏我们的好事。别再监视我们了。我们不喜欢你这样做。"

露西安咯咯地笑着。她认为菲利普真勇敢，敢跟高大魁梧的乔这么讲话。乔的确很讨厌。如果他是个有趣的好脾气的人，他们该过得多么开心啊！他们可以坐着他的船出海捕鱼，可以和他一起好好钓鱼，还可以坐车出去野餐。

"都是因为他的愚蠢和暴躁，我们不能做这些事情。"露西安说，"为什么呢？如果乔能友善些，我们甚至可能出海去幽暗岛，看看那里是不是有很多鸟，杰克特别想去看看。"

菲利普说："他不友善，我们永远都去不成幽暗岛。即使我们去了，我敢打赌在那样一个荒凉的地方也不会有任何鸟。走吧，让我们一起去探索一下昨天发现的那个大洞穴。"

在岸边的洞穴探险真的很有趣。有些洞穴一直延伸到悬崖深处。还有些洞穴的顶部有奇特的洞，直通更高层的洞穴。菲利普说："古时候，人们曾经利用这些洞穴作为藏身之所或是存放走私货物的地方。但现在除了海藻和空贝壳以外，什么都没有。"

"我希望我们有一个好用的手电筒。"杰克说，因为他的蜡烛一早上被吹熄六次了，"蜡烛很快就不够用了。如果附近有个商店就好了，我们可以溜下去买一个！我昨天让乔开车去买东西时给我捎一个，但是他不愿意。"

"哦，哦，这里有个巨大的海星！"菲利普边一边说，一边把蜡烛放在潮湿的洞穴地面，"快看看，我敢肯定，这绝对是个巨型海星。"

黛娜发出一声尖叫。她讨厌菲利普喜欢的那些令人毛骨悚然的生物，她说："不要碰它。不要让它靠近我。"

但菲利普是个捣蛋鬼，他拎起了这个有着五根触角的大海星，向黛娜走去。她勃然大怒。

"你这个坏蛋！我跟你说过了，不要让它靠近我。如果你这样做，我会杀了它。"

菲利普说："你杀不死海星的。如果你把它切成两半，它会很快长出新的触角，嘿，它会变成两个海星，而不是一个。就是这样。看看它，黛娜，你闻闻它，感受一下。"

菲利普把这个巨大的、黏糊糊的东西凑近妹妹的脸。黛娜十分惊慌，对着菲利普就是一顿猛打，还推了他一把。菲利普失去平衡，翻滚着跌倒在地上。他的蜡烛熄灭了。菲利普大叫了一声，接着传来一阵奇怪的滑行的噪音，然后陷入了一片沉默。

"嘿，'草丛头'！你没事吧？"杰克高举着蜡烛喊。令他非常惊讶的是，菲利普已经完全消失了。遍是海藻的地上只剩下海星，旁边并没有菲利普的身影。

三个孩子惊愕地盯着悬在洞穴壁上的海藻丛在地面蔓延开来。菲利普到哪里去了？

黛娜很害怕。她只打算狠狠地打菲利普一下，但是她并没有想让他从地球上消失。她大叫一声。

"菲利普！你在躲我们吗？快出来吧，傻瓜！"

从某个地方传来一个闷闷的声音："嘿！我这是在哪里？"

"是'草丛头'的声音。"杰克说,"但是他在哪里?他不在这个山洞里啊。"

孩子们把三根蜡烛聚在一起,在这个逼仄、低矮、爬满了海藻的洞穴里四处查看。这里散发着一股潮湿的霉味。菲利普的声音又从某个地方传来,他听起来很害怕。

"我说,我这是在哪儿啊?"

杰克小心翼翼地踩着湿滑的海藻,走到刚才黛娜把菲利普推下去的地方。突然间,他看上去也失去了重心,摔了下去。令在一旁看着的两个女孩感到吃惊的是,他也消失了,似乎沉入了海藻洞穴的洞底。

借着两支蜡烛闪烁的光,两个女孩想看看杰克到底怎么了。然后她们发现了这个谜团的答案。那些海藻叶子遮住了地上的一个洞口。当两个男孩站在覆盖着洞口的海藻上时,他们就从叶子间滑落到了下面的一个洞穴里。多么奇怪啊!

"他们就是从那儿掉下去的。"覆盖着那块地面的海藻中间有一个黑乎乎的空隙,黛娜指着那说道,"我希望他们没有摔断腿。不过,我们怎么把他们弄出来呢?"

杰克坠落在可怜的菲利普身上,几乎把他压垮了。留在上面洞穴的琪琪,发出了刺耳的尖叫声。她讨厌这些黑暗的洞穴,她是因为杰克才来这里的。现在杰克突然不见了,鹦鹉顿时惊慌起来。

"闭嘴,琪琪!"黛娜被琪琪的尖叫声吓了一跳,"露西安,你看,洞穴的地面上有一个洞,就在那厚厚的海藻之间。你小

其实，事情很简单。首先，菲利普从这个洞跌到了下面的一个洞穴，然后杰克跌落在了他的身上。

心点走，不然你也会消失的。拿着我和你自己的蜡烛，让我看看到底发生了什么事。"

其实，事情很简单。首先，菲利普从这个洞跌到了下面的一个洞穴，然后杰克跌落在了他的身上。菲利普感到又怕又痛。他紧紧地抓住杰克，不肯放手。

"到底怎么回事？"他说。

"地上有个洞。"杰克说着，伸出双手想感受下他们掉进的洞穴有多大。他的手一下子就碰到了他周围的洞壁："我说，这个洞挺小的。嘿，姑娘们，把蜡烛拿到洞口上方，这样我们能看见了。"

很快，一支点燃的蜡烛出现在男孩的头顶上方，他们能够稍微看清周围的情况了。

"我们并不在山洞里。"杰克惊讶地说，"我们是在一条通道里。或者说，是位于一条通道的起点。我想知道它通向哪里。也许一直通到悬崖深处呢。"

"递一支蜡烛给我们吧！"菲利普喊道，感觉好多了，"哦，天哪，琪琪也下来了。"

"你就不能关上门吗？"琪琪用尖锐的声音说，用力地坐在杰克的肩膀上，很高兴和主人重新在一起了。她开始吹口哨，然后告诉自己不要吹了。

"闭嘴，琪琪，"杰克说，"菲利普，你瞧，真的有一条通道通向那边，不过又窄又黑。这是什么味道啊！黛娜，快点把那支蜡烛递给我，快点递过来！"

黛娜想了个办法把点燃的蜡烛递下去。她趴在满是海藻的地上，成功地从那个洞口把蜡烛递了下去。杰克举起蜡烛，黑暗的通道看起来神秘而奇特。

"我们来一次探险，怎么样？"菲利普兴奋地说，"看起来它应该通往陡峭山庄的下面。这是一条秘密通道。"

"更可能的是，这只是悬崖峭壁上的一道很短的裂缝，根本就不通向任何地方。"杰克说，"琪琪，别这么狠地啄我的耳朵。我们很快就会回到外面去的。嘿，姑娘们！我们想从这个有趣的通道往上走。你们来吗？"

"不了，谢谢。"露西安立刻说道。这贯穿悬崖的通道黑暗、狭窄，又布满海藻，她可一点儿都不喜欢，"我们会一直待在这里，等你们回来。别去太久了，我们现在只剩一支蜡烛了。你们还有火柴吗？你们的蜡烛要是灭了，你们还能点着吗？"

"有。"杰克摸了摸自己的口袋，"嗯，待会儿再见。不要掉到这个洞里来啦。"

两个男孩离开了他们刚才所处的那个黑暗的洞口，开始沿着潮湿的通道往前走。两个女孩很快就听不到他们的谈话声和脚步声了。她们在一支蜡烛摇曳的烛光中，耐心地在上面的洞里等着。天冷得令人发抖，她们庆幸自己穿了暖和的毛线衫。

两个男孩离开了很久，还没有回来。露西安与黛娜开始变得有些不耐烦，然后又有些惊慌。他们出事了吗？她们一边从那个海藻叶子之间的洞往下看，一边侧耳倾听，却没听到任何声音。

"哦，亲爱的，你觉得我们应该去找他们吗？"露西安焦急地说。她知道自己进入那个黑暗的秘密通道，一定会吓得半死，但是如果杰克需要帮助的话，她会毫不犹豫地跳下去找他。

"我们最好把发生的事告诉乔，让他来帮忙。"黛娜说，"我觉得他最好能带根绳子来，如果没有帮助的话，他们可能永远无法从那个洞口爬回这个山洞。"

"别，别告诉乔。"露西安说，她一点儿都不喜欢这个人，而且挺害怕他的，"我们再等一会儿吧，也许这段通道特别长。"

这条通道确实比两个男孩估计的要长得多，它蜿蜒地贯穿了整个悬崖，一直向上延伸。通道里一片漆黑，烛光似乎也照得不够亮。杰克和菲利普的脑袋不时地碰到通道顶部，因为这个通道有时候只有他们的肩膀那么高。

这个通道越往上越干燥。很快就闻不到海藻的气味了，但陈腐发霉的空气让他们呼吸起来相当困难。

"我觉得这里的空气不好。"他们继续向前走，菲利普喘着气说，"我几乎要喘不上气了。有一两次，我都以为我们的蜡烛要熄灭了，'小雀斑'。这说明空气非常糟糕。我们肯定就要到达通道的尽头了。"

正当他说话的时候，通道突然向上，出现了几级粗糙的台阶。通道在一面岩石墙壁前戛然而止。两个男孩感到很困惑。

"这不是一条真正的通道。"菲利普失望地说，"就像你说的那样，只是在悬崖上的一条裂缝。但是这些看起来确实像是做工粗糙的台阶，不是吗？"

蜡烛的光照在台阶上。"是的，这些台阶的确是之前有人凿出来的，但是他们为什么要这么干呀？"

杰克把蜡烛举过头顶，喊了一声。

"看！我们头顶上不是有扇活门吗？通道就是通向这扇活门的！我说，让我们试试看能不能打开它。"

果然，在他们的头顶上方，有一扇老旧的木制活门封住了通道的出口。要是他们能打开这扇门就好了！那样的话，他们又会走到什么地方呢？

第8章
在地窖

"让我们一起把它推到一边吧，"菲利普兴奋地说，"我把蜡烛放在这块突出的岩石上。"

他把蜡烛牢牢地塞进岩石的裂缝里，然后和杰克用力地推他们头顶上方的活门。一阵灰尘落下，菲利普眨了眨眼，眼睛几乎要被糊住了。杰克赶忙闭上了眼睛。

"糟糕！"菲利普揉了揉眼睛说道，"快点，让我们再试一次。我能感觉到它已经动了。"

他们又试了一次，这次活门突然被挪动了。它被抬起了几英寸，然后再次合上，又吹起一阵灰尘。

"拿块岩石或大石头，我们就可以站上去了。"杰克涨红了脸，兴奋地说，"再用劲儿多推一下，我们就能把它打开了。"

他们找到三四块扁平的石头，结结实实地码成一堆，然后站了上去，继续推着活门。令人高兴的是，门抬了起来，砰的一声掀翻在了上面的地板上。男孩的头顶上方露出了一个方形的入口。

"杰克，往上推我一把。"菲利普说。他感到一股大力袭来，直接让自己穿过活门，摔在了上面的岩石地上。上面很黑，他什么也看不见。

"把蜡烛递上来，'小雀斑'，然后我就能把你拉上来了。"蜡烛被递了上去，但是突然熄灭了。

"糟糕!"菲利普说，"哦，天哪，那是什么?"

"我觉得那应该是琪琪。"杰克说，"她已经飞上去了。"

琪琪在这个秘密通道里，没有发出任何声音，连一句话都没说。她在这个黑暗的陌生地方感到十分惊慌，一直紧紧地抓着杰克。

菲利普把杰克拉了上来，然后从口袋里摸到了火柴，准备再次点燃蜡烛。"你认为我们现在在哪里?"他问，"我完全想象不出来。"

"这感觉就像是在世界的另一端。"杰克说，"啊，我好多了。现在我们可以去看看了。"

他举起点燃的蜡烛，两个男孩环顾四周。

"我知道我们在哪里了。"突然，菲利普说道，"我们在陡峭山庄的一个地窖里。你看——那边是几个放东西的盒子，还有些食物罐头和杂物。"

"没错。"杰克说，"天哪，你姨妈在这里存放了这么多好东西啊! 天哪，这真是一次冒险。你觉得你姨妈和姨父知道这个秘密通道吗?"

"我觉得他们不知道。"菲利普说，"我觉得波莉姨妈如果知道的话，应该早就和我们提过了。我都不太知道地窖里还有这个地方。现在让我看看这地窖的门在哪。"

两个男孩在地窖里四处溜达，试图找到出去的路。他们来到一扇结实的木门前，但他们惊讶地发现门被锁住了。

"糟糕。"菲利普恼怒地说，"现在，我们得再从那段通道爬回去。我可不想再那样做了。不管怎样，这不是通到厨房的那扇门。你必须爬几级台阶上去才能看到那扇门。这门一定是用来隔开别的地窖的。我不记得以前见过这扇门。"

"你听，是不是有人来了？"杰克突然说道。他敏锐的耳朵里传来了脚步声。

"是，是乔。"菲利普说，他听到了乔熟悉的咳嗽声，"我们要躲起来。我可不打算把秘密通道的事儿告诉他。我们要保守这个秘密。杰克，快把活门关上，我们躲在这个拱门后面。乔开门的时候，我们就可以悄悄溜走。快把蜡烛吹灭了。"

他们悄悄地关上了活门，在一片黑暗中，躲在门边上的石拱门后面。他们听到了乔把钥匙插进锁里的声音。门被推开了，出现了一个男人的身影，在提灯闪烁的灯光中，他显得格外高大。他让门敞开着，径直走向地窖后面存放东西的地方。

两个男孩穿着橡胶鞋，本可以趁乔没发现时偷偷溜走。但琪琪偏偏在这一刻模仿起了乔沉闷的咳嗽声。整个地窖回荡着阴沉的回声，乔的提灯啪的一声摔在了地上。玻璃灯罩裂成了碎片，灯光也熄灭了。乔发出了惊恐的号叫声，立刻逃了出去，甚至都没顾得上把门锁起来。当他和两个男孩擦身而过时，感受到他们温暖的身体，他惊恐地又叫了一声。

琪琪对自己模仿咳嗽的后果感到兴奋不已，又发出了一声奇怪的尖叫，吓得乔仓皇地穿过地窖的门，顺着台阶向上，跑到地窖的另外一边。当他出现在厨房时，差点摔倒在地，把波莉姨妈吓得跳了起来。

"你怎么了？发生什么事了？"

"下面有'东西'！"乔喘着气回答，他的脸上看起来极其惊恐。

"东西？你是指什么呢？"波莉姨妈严厉地说。

"会尖叫，会对我又瞪又抓的'东西'。"乔瘫坐在椅子上，紧闭双眼，直到他的视线中仅剩下一条窄缝。

"胡说！"波莉姨妈一边说，一边用力地搅拌着平底锅，"我就不知道你为什么要去那里。今早我们不需要地窖里的任何东西。我这儿有够多的土豆了。冷静点，乔，你再这样会吓到孩子们的。"

当两个男孩看到可怜的乔大呼小叫着，惊慌地从地窖跑出去的时候，他们笑得停不下来。他们抓着对方，一直笑到肚子都痛了。"嗯，乔总是试图用晚上有奇怪的'东西'出来游荡的故事吓唬我们。"杰克说，"现在他被自己想出来的愚蠢故事吓到了。"

"我说，他把钥匙留在了门上。"菲利普说着，又点燃了蜡烛，"我们可以把这钥匙拿走。这样，如果我们想再使用秘密通道，只要愿意，就随时可以打开这门出去。"

他笑着把这大钥匙放进了口袋。乔也许会认为，是他一直谈论的那种"东西"把他的钥匙拿走了。

两个男孩走进他们原本就十分熟悉的地窖中。菲利普饶有兴趣地看着他们刚走出来的门。

"我从来都不知道,这栋房子里除了这个地窖之外,还有另一个地窖。"他看着那个宽敞的地下室,说道,"我以前怎么就没注意到那扇门呢?"

"一定是那些堆着的盒子把它掩盖住了。"杰克说。门边堆了很多空盒子,菲利普思索片刻,回想起每次进地下室都会看到这堆盒子。它们整齐地堆在那扇门的前面。这无疑是乔为了阻止孩子们进入第二个地下室所耍的花招,那里面储藏着许多东西。多么愚蠢和幼稚啊!但乔现在可没法阻止他们了。

"我们可以通过秘密通道去那儿,也可以从这扇门进去,因为我现在已经拿到钥匙了。"菲利普心想。只要自己愿意,他就能赢过乔。一想到这,菲利普开心极了。

"我想那些台阶是通向厨房的,是吧?"杰克指着台阶说,"你觉得上去安全吗?我们不能让任何人看到我们,否则就要面对他们提出的尴尬问题。"

"我会悄悄走到最上面,把门打开一条缝儿,听听有没有人在附近。"菲利普说着,就上去了。乔已经出去了,他的姨妈也不在,大厨房里已是空无一人。两个男孩溜了出去,走到外面的门,然后沿着悬崖上的小路跑了下去,没有任何人看到他们。

"她们一定想知道我们到底怎么样了。"杰克突然想起了黛娜和露西安,她们仍然在那个有秘密通道入口的洞穴里,耐心地等待着他们，"快走，让我们去吓吓她们？她们准以为我们会从秘密通道回来，永远不会想到我们是这样回来的。"

他们走到岩石遍地的海岸边，到达早上探索过的那些洞穴，找到秘密通道所在的那个山洞。两个女孩正坐在洞口旁，焦急地讨论着她们应该怎么做。

"我们现在必须去寻求帮助了。"露西安说，"我确信他们一定出事了。真的，我确信。"

突然，菲利普又发现了那个巨大的制造了所有麻烦的海星。他轻手轻脚地把它捡起来，默不作声地走过铺满海藻的地面，走向可怜的黛娜。他把海星放在她裸露的手臂上，海星以一种可怕的方式滑了下去。

黛娜尖叫一声，跳了起来，她的声音甚至比琪琪最大声的尖叫还要刺耳："哦，菲利普又回来了，这个坏蛋！你等着，我会抓住你的，菲利普！我会把你的头发全扯下来！你这可恶的家伙！"

黛娜怒气冲冲，直扑菲利普。但菲利普已经从洞穴里跑了出去，欢快地跑上了沙滩。露西安张开双臂紧紧地搂着杰克，她都快担心死他了。

"杰克！哦，杰克，你们怎么样了？我等了好久。你们是怎么回来的？那个通道通向哪里？"

黛娜和菲利普的尖叫与吵嚷，让杰克什么都回答不了，尤其是现在琪琪也加入了进来，发出了像一列特快列车穿过隧道般的尖叫声。

菲利普和黛娜仍然打得不亦乐乎。这个愤怒的女孩抓住她哥哥，使出浑身的力气追打他。

　　"让你以后再把海星扔我身上。你就是个可恶的家伙！你知道我讨厌那种东西。我会把你的头发都扯光的。"

　　菲利普挣脱后逃跑了，黛娜的手指上还有几根头发。黛娜愤怒地把脸转向其他人。

　　"他就是个坏蛋。我这几天都不会和他说话的。我真希望他不是我的哥哥。"

　　"他只是和你开了个玩笑。"杰克说，但这让情况变得更糟了。黛娜开始生起杰克的气来。她怒气冲冲的样子让露西安变得很惊慌。她在想如果黛娜冲过去打杰克，她就不得不去保护他。

　　"我不会再和你们一起玩了。"黛娜生气地跑了。

　　"现在她可听不到我们今天早上发现的一切了。"杰克说，"她脾气可真大！嗯，我和菲利普有话跟你说，露西安。我们经历了一次真正的冒险。"

　　黛娜愤怒地走开了，但她突然想起来，自己还没听到有关秘密通道的故事，以及它究竟通向哪里。她忘记了生气，马上往回走。

　　她看见露西安和两个男孩在一起。当她走近时，菲利普就转过身背对着她。但是黛娜的好脾气和坏脾气来得一样快。她挽住菲利普的胳膊。

　　"对不起，菲利普，"她说，"你和杰克在那个秘密通道里发生了什么事？我可想知道呢。"

　　他们再一次和好了。很快，两个女孩就激动地听着两个男孩讲起来。

　　"告诉你们吧，那真是一次冒险。"杰克说。那的确是一次冒险，而且以后还会有更多的冒险等着他们！

第9章
一艘奇怪的小船

　　无论两个男孩怎么怂恿，露西安与黛娜就是不愿意再回秘密通道。她们一想到那条黑暗狭窄、蜿蜒曲折的通道，就不寒而栗，尽管她们也认为那很刺激，但她们可不想让自己去体验穿过通道时的战栗感了。

　　"我猜想黛娜是害怕巨大的海星再跳到她身上或者其他什么的。"菲利普不以为然，"露西安和黛娜就是一边的。"

　　但是，任凭他们怎么嘲笑，两个女孩也不敢尝试那个通道，虽然她们对听他们谈论它总是乐此不疲。第二天，男孩们溜进地窖，发现乔再次把箱子堆在第二扇门前，很好地掩盖住了门。这真是令人费解，但他倒是经常做一些愚蠢的坏事。不管怎样，他们有门的钥匙，这才是重点。

　　天气变得炎热晴朗。太阳从无云的天空照射下来，孩子们穿着泳衣出门了。他们很快就晒成像烤面包一样的棕色。菲利普、黛娜和露西安待在水里的时间比杰克多很多。杰克痴迷于海岸边成群出没的野生鸟群。他一直在辨别燕鸥、贼鸥、鸬鹚、海鸥，还有其他鸟类。让露西安失望的是，杰克不想让她跟着自己。

"这些鸟正在学着认识我，"他向妹妹解释道，"但是它们不认识你，露西安。好姑娘，你乖乖地和其他人待在一起吧。不管怎样，我们都不应该同时离开'草丛头'和黛娜，这是很没礼貌的。"

所以这一次，露西安不再充当杰克的影子，大部分时间都和别人待在一起。但是，她通常都知道杰克在哪里，他什么时候回来。她总是留心着他。

黛娜觉得她很傻。她就永远不会想着留心菲利普。"菲利普要是从我的眼前消失了，我只会很高兴。"她对露西安说道，"他的那些把戏太令人讨厌了！去年，他把一些蜈蚣放在我的枕头下，它们半夜全爬出来了。我差点被气疯了。"

就连露西安也觉得菲利普做得太过分了。但是到目前为止，她已经习惯了菲利普和他独特的行为方式。甚至他只穿着游泳裤，似乎也能在身上藏几种小动物。昨天，他就在身上藏了几只友好的螃蟹。但是当他不小心坐到其中一只身上的时候，那螃蟹夹了他一下。他得出的结论是：螃蟹还是待在海里比较好。

"不管怎样，我很开心'小雀斑'在观鸟的时候带着琪琪。"黛娜说，"我很喜欢琪琪，但是现在她已经开始模仿这附近所有的鸟了，真是令人厌烦啊。我很惊讶，波莉姨妈和她竟然能够互相容忍。"

波莉姨妈越来越喜欢这只鹦鹉了。她是一只很狡猾的鸟。她知道只要咕哝着"可怜的亲爱的波莉"，就可以从波莉姨妈那里得到任何她想要的东西。乔之前一直都好好的，可是他那天开车出去买东西时忘记了买鹦鹉吃的葵花子，就惹怒了波莉姨妈。孩子们很高兴听到这个阴沉的家伙被狠狠地责骂了一顿。

不过，乔斯林姨父与琪琪相处的经历可一点儿也不愉快。一个炎热的下午，鹦鹉默默地从敞开的窗户飞进了书房，乔斯林姨父像往常一样坐在那里，弯腰翻阅着他的旧报纸和书籍。琪琪飞到书架上，停在那里，饶有兴趣地环顾四周。

"我告诉过你多少次了，不要吹口哨。"她用严厉的口吻说。

乔斯林姨父正沉浸在他的书堆中，被她吓得猛然从书中惊醒过来。他甚至从来没有见过这只鹦鹉，也忘记了有只鸟来家里的事情。他困惑地坐在那里，想知道这句奇怪的话是从哪儿来的。

琪琪好半天也没再说一句话。乔斯林姨父便得出结论是自己听错了。于是，他低头继续研究他的文献。

"你的手帕在哪儿呢？"琪琪严厉地问道。

乔斯林姨父确信，他妻子此时就在房间的某个地方，因为琪琪很好地模仿了波莉姨妈的声音。他把手伸进口袋里摸了摸手帕。

"好孩子，"鹦鹉说，"现在不要忘了擦擦你的脚。"

"我的脚可不脏，波莉。"乔斯林姨父惊讶地说，他还以为自己正在和妻子说话。他感到又惊又恼。波莉姨妈通常不会这样打扰他，给他下不必要的命令。他转过身来想让她走开，但却没有看见她。

琪琪沉闷地咳嗽了一下，和乔的声音一模一样。乔斯林姨父现在肯定那个家伙也在房间里，他感到十分烦躁不安。为什么每个人都要进来打扰他呢？这真是令人无法忍受。

"滚出去，"他说，以为自己是在和乔说话，"我在忙呢。"

"哦，你这个淘气的小子。"鹦鹉用责备的语调说。她又咳嗽起来，打了一个逼真的喷嚏。接下来是一阵完全的静默。

乔斯林姨父又安定下来，立刻忘了刚才发生的事情。琪琪不喜欢被人这样忽视。她从书架上飞到乔斯林姨父头发灰白的脑袋上，发出了一声火车引擎般的尖叫。

可怜的乔斯林姨父跳了起来，抓着自己的头，把琪琪赶了下去。他大吼一声，马上就把波莉姨妈引来了房间。琪琪从窗户飞了出来，咯咯地发出一阵很像大笑的声音。

"怎么了，乔斯林？"波莉姨妈惊慌地问道。

乔斯林姨父勃然大怒地说："整个早上，人们就在这个房间进进出出，告诉我要擦脚，不要吹口哨，还有人向我头上扔东西。"他真的有点气急败坏了。

"哦，那只是琪琪。"波莉姨妈微笑着说。

"只是琪琪！琪琪到底是谁啊？"乔斯林姨父怒不可遏地看着妻子，因为她在那儿微笑，而不是对他遭遇的麻烦表示同情。

"那只鹦鹉，"波莉姨妈说，"你知道的，就是那个男孩的鹦鹉。"

乔斯林姨父早已忘记了有关杰克和露西安的一切，他盯着他的妻子，觉得她好像疯了。

"什么男孩和鹦鹉啊?"他问道,"波莉,你是疯了吗?"

"哦,亲爱的,"波莉姨妈叹了口气说,"你怎么忘记了,乔斯林!"波莉姨妈提醒他,有两个来过暑假的孩子,还向他解释了和琪琪相关的事情。"她会是你见过的最聪明的鹦鹉。"波莉姨妈说,琪琪早已彻底赢得了她的心。

"好吧,"乔斯林姨父冷冷地说,"我只能说,如果那只鹦鹉真的有你认为的那样聪明,它就应该离我远点。如果它再来这里,我会把所有的镇纸都扔向它的。"

波莉姨妈想到她丈夫扔东西时糟糕的准星,瞥了一眼窗户。她认为最好还是把她关起来,否则有一天她可能会发现,房间里所有的东西都被镇纸砸碎了。天哪,天哪,这里为什么总是有讨厌的事情发生!不是孩子叫喊着要吃的,就是乔让她头疼;不是乔,就是那只鹦鹉;不是鹦鹉,就是乔斯林姨父威胁她,要扔他的镇纸。波莉姨妈把窗户牢牢关上,走出房间,重重地关上了门。

"不要甩门,"走廊里传来琪琪的声音,"我说过多少次了……"

但是这次,波莉姨妈对琪琪可没有什么好话可说。她严厉地对鹦鹉说:"你是一只坏鸟,一只非常坏的鸟。"

琪琪愤怒地尖叫了一声,顺着走廊飞出去。她要找到杰克。杰克总是对她好,还很友善。杰克在哪里呢?

杰克没有和其他人在一起,他带着双筒望远镜走到悬崖顶上,仰面躺着,高兴地看着鸟群在自己头顶的上空盘旋。琪琪落在他的身上，让他差点跳了起来。

"哦，是你，琪琪。天哪，注意你的爪子。我只穿着泳衣。现在保持安静，否则你会把那些鸟吓走的。我今天已经看到五种不同的海鸥了。"

杰克终于躺够了。他坐起来，把琪琪从他身上推开，眨着眼睛看了看四周。他再次把望远镜放在眼前，眺望着大海，朝幽暗岛的方向看去。他还没仔细地看过这座岛呢。

但是今天，尽管大部分遥远的山丘都被迷雾笼罩，由于某些原因，杰克可以很清楚地看到这个从海面西边突出来的岛屿。"天哪！"杰克惊讶地说，"那个神秘的海岛就是乔说的那个不吉利的岛屿。今天看得好清楚啊！我可以看到突起的小山，我甚至可以看到海浪撞击着周围的岩石，飞溅出星点水沫！"

杰克还没看到岛上有任何鸟类，因为他的望远镜只能让他看到岛屿和上面的山。但这男孩确信岛上到处都是鸟。

"稀有的鸟，"他自言自语道，"那种人们都还不知道的鸟。年复一年，鸟儿可能不受打扰地在那里筑巢，它们一定像猫一样温驯。天哪，我真希望自己可以去那里。乔不让我们用他的船，真讨厌！如果大海像今天这样平静，我们很轻易地就可以到岛上去了。都怪讨厌的乔！"

杰克通过镜片扫视了下呈锯齿状的海岸，然后惊讶地盯着一样东西。在离他大约一英里处，似乎有人在沿着海岸划船。这当然是不可能的。乔曾经说过，附近只有他一艘船，波莉姨妈也说过，没有人住在陡峭山庄附近，至少在六七英里内没有。

"但是在这个悬崖西边的海上有艘船，船上还有人。"杰克困惑不解，"那是谁？我想那一定是乔。"

船上的那个人离得太远了，看不清相貌。可能是乔，也可能不是。杰克最后得出的结论是肯定的。他瞥了一眼太阳。太阳已经在挺高的位置，午餐时间该到了。他也该回去了。在路上，他可以看看乔的船是否拴在老地方。如果船不在，那么船上的人就是乔了。

但是船还在，就在老地方，被牢牢地拴在船位上，在房子附近的小海港里轻轻摇晃。乔也正在海滩上收集浮木，用来给厨房生火。这样来看，附近一定还有一个人拥有自己的船。

杰克跑去把他的发现告诉其他孩子。大家都感到又惊讶又高兴。"我们会去找出他是谁，然后和他做朋友，也许他会带我们出去钓鱼。"菲利普马上说，"干得好，'小雀斑'。你的老望远镜总算为你找到了除鸟之外的东西。"

"我们明天去找他。"杰克说，"我真想去幽暗岛看看那里有没有稀有鸟类。我觉得我必须去那里！我有一种预感。"

"我们不会告诉乔，我们见到了一个有船的人。"黛娜说，"他会试图阻止我们。他讨厌我们做自己想做的事情。"

所以，他们谁也没有对乔或者波莉姨妈提起船上的那个陌生人。第二天，他们会找到他，找他聊聊。

但是在第二天到来之前，还会发生一些事情。

第10章
夜晚的冒险

　　那天晚上，杰克失眠了。满月照在他的窗前。月光落在他的脸上。他躺在那里，盯着那银色的大月亮，想着他见过的在风中滑翔盘旋的海鸥，还有那些站在岩石上，正张大尖嘴消化刚抓到的鱼的黑色大鸬鹚。

　　他想起那天早晨他所看到的幽暗岛。它看起来神秘而刺激，孤寂而荒凉。然而，那里曾经有人居住。为什么现在没有人住在那里了呢？是不是因为太荒凉，所以没有人能在那里生存？它究竟是什么样的呢？

　　"不知道在今晚满月的月光下，能不能看到幽暗岛。"杰克想。他没有叫醒菲利普，自己从床垫上滑下去，走到窗前。他瞪大了眼睛向外望去。

　　月光下，大海银光闪闪。岩石的倒影投射在海面上，形成了漆黑的斑块。海水比平常更平静，风也停了。杰克站在窗前，只能听到海水的低语声。

　　然后，他惊讶地注视着远处。水面上驶来一艘帆船。尽管还离得很远，但它正在驶向岸边。这是谁的船？杰克瞪大了眼睛，但仍然没有辨认出来。一艘帆船在半夜来到陡峭山庄！这太奇怪了。

"我得把'草丛头'叫醒，"他想着，向床垫走去，"'草丛头'！菲利普！快醒醒，到窗口这儿来。"

菲利普很快就彻底清醒了，他和杰克一起从狭窄的窗户探出去看。他也看见了那艘帆船，于是用低低的口哨把琪琪唤醒。她惊喜地站到了杰克的肩膀上。

"乔在船上吗?"菲利普思索着，"在这儿，我看不出那是不是他的船。不管怎样，我们去海岸看着它靠岸吧。'小雀斑'，快来！我很惊讶乔竟然会在晚上出去，因为他总是告诉我们深夜有什么'东西'会游荡在悬崖附近的黑暗中，不过那很可能不是乔。"

他们穿上短裤、上衣和橡胶鞋，沿着螺旋楼梯走下去。他们很快就顺着陡峭的悬崖小路爬了下去。月光下，在晚风的吹拂中，帆船稳稳地靠岸了。

"这就是乔的船。"菲利普最终说道，"我们现在可以看清楚了。乔就在里面。就他一个人，但船上好像还有一些货物。"

"也许他正在钓鱼。"杰克说，"菲利普，让我们去吓吓他吧。"

男孩们蹑手蹑脚地爬到船即将驶往的地方。乔正在收帆。然后他把船划向岸边，划向那个他平时拴船的小港湾。男孩们蹲在一块岩石后面。乔把这条大船安全地停靠进去，把绳子绑在船位上。他转过身去拖他的货物。这时，男孩们突然跳了出来，像印第安人一样大叫着，剧烈地摇晃着船。

乔毫无戒备，身子失去了平衡，跌入水中，溅起一个巨大的浪花。他立刻站了起来，他的脸在月光下闪闪发光。男孩们可不喜欢他脸上的表情。乔从水里爬出来，像狗一样甩了甩自己身上的水，径直向男孩们走来。

"天哪，他要抽我们。"杰克对菲利普说，"快点，我们得快跑了。"

但是返回房子的路已经被恼羞成怒的乔用魁梧的身躯挡住了。

"现在我要让你们瞧瞧，晚上偷偷出来监视别人的男孩会有什么下场。"他从牙齿缝里狠狠地挤出了一句话。杰克试图躲开他，但却被乔一把抓住。他挥起硕大的拳头就要打，杰克大叫了一声。与此同时，菲利普猛地撞向乔的腰。原本就气喘吁吁的乔更加上气不接下气，只好放开了杰克。男孩们立刻飞奔着穿过沙滩，顺着那条通向房子的陡峭的悬崖小路向远处跑去。乔在后面紧追不舍。

"涨潮了。"杰克喘着气说道，他感到湍急的海水淹没了他的脚踝，"我们必须往回跑。不然会被潮水卷起来，拍到礁石上的。"

"我们不能回头，我们会被乔抽得青一块、紫一块的。"菲利普喘着气说，"杰克，往那个山洞跑，我们也许可以爬进那条秘密通道。我们必须这么做。我真不知道乔在愤怒中会做出什么事。他甚至有可能会杀了我们。"

男孩们十分害怕，跌跌撞撞地跑进了山洞，奔腾的海浪没过了他们的脚踝。乔在他们后面飞奔着。啊，他现在就能抓到这两个男孩！等着看他怎么教训他们吧！看他们以后还敢不敢在晚上溜出来！

男孩们在山洞的地上找到了那扇活门，从那下去，消失在秘密通道的黑暗中。他们听见乔正在上面的山洞外发出沉重的喘息声，他们希望并且祈祷乔别从那个洞口滑下来。

不过，他没有滑下来。他站在山洞外面，等男孩们出来。他不知道那里面有一条秘密通道。他站在原地，沉重地喘着气，紧紧地握着拳头。一阵巨浪淹没了他的膝盖。乔喃喃自语着什么。潮水涨得很快。如果这两个男孩不立即出来，他们将被困在那里过夜了。

又是一阵海浪袭来，快涨到这个怒气冲冲的人的腰了。海浪太大了，乔立即离开了山洞入口，试图从海滩跑回去。他可不想冒生命危险，让即将到来的潮水把他拍到悬崖上，拍得粉身碎骨。

"就让那两个男孩在山洞里过夜吧，明天早上我会和他们算账的。"乔在心里盘算着，"潮水一退，我就来这里，当我教训完他们的时候，他们一定会后悔的。"

但是男孩们并没有在山洞里颤抖。他们又一次爬上了秘密通道，这回可是漆黑一片了。这通道虽然挺可怕，但和乔相比，也没那么吓人了。

他们终于来到了活门前，把它推开。他们爬到了地窖的石头地板上，关上了活门。

"抓住我的手。"杰克说，他浑身发抖，又冷又怕，"我们要尽量走到大门那儿。走吧。你知道方向的，对吧？我可不知道。"

菲利普认为他知道方向，但是他发现自己并不知道。两个男孩花了好些时间才找到地窖的门。他们在地下室四周的石壁上摸索着，最终在被各种各样的箱子绊倒后，他们走到了门口。门没有锁。因为他们已经把钥匙拿走了，真是谢天谢地。菲利普推了一下，门开了。

门另一边的那堆箱子轰然倒塌，在地下室里回荡着巨大的响声。两个男孩站在那儿听了听，看看是否有人听到声响后过来。然而，并没有人。他们尽量地把箱子堆好，然后蹑手蹑脚地爬上地窖台阶，走进沐浴在月光中的厨房。

他们在想乔去哪里了。他还在山洞入口处等着他们吗？

其实乔并没有。他匆匆忙忙地停好了船，从上面卸下了几件东西，然后就走上了通往房子的悬崖小径。他站在自己位于厨房旁边的卧室里，幸灾乐祸地想着那两个还在山洞里瑟瑟发抖的男孩时，他的耳中就听到一声巨响。

这就是地窖里那堆箱子翻倒在地的声音，但是乔并不知道。他站在卧室里，像被钉在地上一样纹丝未动。那是什么声音？他不敢去查看。如果他出去看的话，他会看到两个人影偷偷地穿过月光下的厨房向大厅走去。他会看到他们匆忙地爬上楼梯，像老鼠一样悄无声息。

没多久，两个男孩就躺在了床上，为自己安然无恙地归来而感到高兴。当他们想到乔在徒劳地等待时就咯咯地大笑起来。而乔也在楼下的卧室里咯咯大笑。他是在想第二天一早，他就拿着一条绳子在山洞外等候，好好地教训他们一顿。

最终，他们都睡着了。

乔是第一个起床的。他在厨房堆起捡来的木头生火。干完活后，他就把绳子绑在腰上。是时候去海边抓那两个臭小子了。潮水很快就会下降到他们能出来的高度。

但他非常惊讶地停了下来：四个孩子走进厨房，大声地喋喋不休。

"早饭吃什么？天哪，我好饿。"

"你们睡得还好吗，小伙子们？我们睡得挺好的。"

"还不错吧。我们整晚都没醒过。"这话是菲利普说的，杰克接着说道，他很高兴地看到乔那张黑脸上露出的惊讶和疑惑，"是的，我们睡得就像木头一样。即使琪琪模仿特快火车的声音，也没把我们吵醒。"

"乔，早餐吃什么？"黛娜问道。两个女孩都已经知道男孩昨晚的冒险经历，她们也挺享受捉弄乔的乐趣。他显然以为两个男孩还在山洞里呢。

"你们整晚都在房间里睡觉？"乔终于问了，他几乎不敢相信自己的眼睛和耳朵。

"那我们还能在哪里睡觉？"菲利普有些放肆地说，"在幽暗岛吗？"

乔转身离开了。他既疑惑又惊讶。昨天晚上不可能是这两个男孩。他确实没有看清楚那两个男孩的脸，但他当时很确定他们是菲利普和杰克。现在看来，这显然是不可能的。涨潮的时候没有人能够从那个洞穴中走出来，但是杰克和菲利普却在这里，真是令人不安和困惑。乔不喜欢这种感受。

"我现在要去那个山洞，看看出来的究竟是谁。"最终，乔心里想，"这样我就能知道昨晚监视我的是谁。"

他去了，虽然守了两个小时，但是没有看到有人从山洞里出来。这并不奇怪，因为那里面根本没有人。

"乔是不会明白了。"杰克笑着说，看着那个身材高大的人从悬崖小路上走过来，"我们没把这个秘密通道的事情告诉任何人真是太对了！昨天晚上它就派上用场了。"

"他把你和菲利普当成他总是试图吓唬我们的'东西'中的两个。"黛娜说，"傻乔！他一定认为我们只是小孩子，会害怕他说的那些故事。"

"今天等我们干完活去干什么？"露西安一边问，一边在擦亮清洗好的灯具，"今天天气真好。我们就不能去野餐吗？爬过悬崖，顺着海岸边？"

"哦，好的，我们去看看能不能找到我昨天看到的船上的那个男人。"杰克说着，想起了那件事，"那好吧。也许他会让我们坐他的船呢。黛娜，问问波莉姨妈，我们可不可以把午餐带出去吃。"

波莉姨妈答应了。半个小时后，他们就出发了，在路上还遇到了乔。他正在房子后面悬崖下的农田里种地。

"乔,你昨晚睡得好吗?"菲利普喊道,"你是不是像个好孩子一样乖乖地睡了整晚?"

乔皱起了眉头,恨恨地哼了一声。琪琪也模仿他哼了一声,乔弯下腰捡起一块石头朝她砸了过去。

"淘气鬼!"琪琪尖叫着飞到了高空中,"淘气,淘气鬼! 快上床睡觉吧! 淘气鬼!"

第11章
比尔·斯莫格斯

"你是在哪里看到那条奇怪的小船的，'小雀斑'？"当他们走过悬崖的时候，菲利普问道。

"在那边，过了那些突起的岩石就能看到。"杰克用手指着说，"相当大的一艘船，真的。我也不知道它在没人使用的时候会放在哪里。一定有人住在船的附近——但我没看到任何房子。"

"附近的确没有什么能住人的房子。"菲利普说，"过去有人在这附近生活，不过后来打过仗，现在只留下了一片废墟。但可能有个残破不堪的小屋，对于想过个安静暑假的人来说，倒也是可以住的。"

他们走过悬崖，琪琪一次又一次地飞到空中，飞到一只惊讶的海鸥旁边，发出与海鸟很像的声音，只不过更加刺耳。

菲利普从灌木丛中收集到一条体形肥硕、样子不同寻常的毛毛虫，令黛娜惊恐的是，他还往口袋里放进了一只蜥蜴。之后，黛娜就一直和菲利普保持着距离，甚至连露西安也提高了警惕。露西安并不像黛娜那样介意各种小动物，但她也不想帮菲利普拿着蜥蜴或毛毛虫。如果菲利普决定把其他小动物也带回家，他可能会请求露西安的帮助，因为要是把其他小动物放进口袋里，可能会吃了原先在那里的毛毛虫或蜥蜴！

他们兴高采烈地往前走，享受着呼啸而过的海风、海水咸咸的味道和海浪撞击下方岩石的声音。他们脚下的草很松软，空中满是滑翔的鸟儿。这真是个美好的暑假！太美好啦！太棒啦！

他们来到悬崖上的一个延伸出去的部分，几乎走到了最边缘。"我根本看不到任何船的影子。"杰克说。

"你确定那不是你想象出来的吗？"菲利普问，"有趣的是今天什么东西都看不到，船可不是什么容易藏起来的东西。"

"那下面还有一个小港湾。"露西安指着悬崖凹进来一点的地方，那里还有一小片闪闪发光的沙滩，"我们下去野餐吧，好吗？我们可以先在海水里泡一会儿。这里的风好大，我说话时都快要喘不过气了。"

他们开始从陡峭的、怪石嶙峋的悬崖上往下爬。男孩们在前面，女孩们跟着后面，他们一路会不时地滑一下。但他们都很善于登山，所以最终都安全地到达了悬崖的底部。

这里避开了疾风，温暖而安静。孩子们脱下了他们的上衣和短裤，扎进水里游泳。菲利普的水性绝佳，他径直往几块黑色的礁石游去，这些礁石突出海面，高高在上，令人畏惧。他游到礁石那儿后，爬上去休息了一会儿。

突然，他在礁石的另一边看到一条船！那里延伸出一块平坦的地面，远离海浪的侵袭。杰克昨天在海上看到的那条船就停在岸边。除非像菲利普这样恰好在这几块礁石上，否则没有人能看到这条船。因为如果从海岸望过去，高耸的礁石们正好遮住了船停靠的那块面向大海的平坦的陆地。

"呼！"菲利普惊奇地吹了一声口哨。他起身走到船边。这是一艘带帆的好船，几乎和乔的船一样大。船身还有它的名字"信天翁"，船上还有一对船桨。

"嗯，"菲利普惊讶地说，"把船停泊在这样的地方可真奇怪！不管谁是它的主人，都得游过来才能使用它。真是有趣！"

他向其他人喊道："船在这里——在这些礁石上。你们快来看看吧。"

很快，孩子们都过来了。他们仔细地研究起这艘船。"这就是我看到的那艘船。"杰克说，"但是它的主人在哪里呢？连他的人影都没看见。"

"我们先吃午饭，然后在周围好好地看看。走吧，女孩们，我们一起回岸上去吧。野餐后，我们兵分两路，好好去四周找找这艘船的主人。"

他们游回岸边，脱下湿衣服，放在阳光下晒干再穿上。然后，他们坐下来享用波莉姨妈为他们准备的三明治、巧克力和水果。他们游得又累又饿。他们懒洋洋地躺在阳光下，沉醉于这些美食中。

"当你特别饿的时候，食物就格外好吃。"露西安说着，咬了一大口三明治。

"我的肚子每时每刻都在咕咕叫。"杰克说,"琪琪,闭嘴——你在啄的可是我的苹果最好的部分。我在口袋里为你准备了一些葵花子。你就不能等等吗?"

"太可惜了,太可惜了!"琪琪模仿着波莉姨妈在事情变糟糕的时候说的话,"太可惜了,太可惜了,太可惜了。"

"哦,快让她别说了。"黛娜说,她知道如果不阻止她,这鹦鹉能把新学的句子不停地重复几百次,"琪琪,来吃一口我的苹果,吃吧。"

琪琪立刻停了下来,高兴地把自己的尖嘴插进了苹果里。啄苹果这件事可够她忙活好一阵子了。

一条大毛毛虫从菲利普的口袋里爬出来,贴着沙滩爬向了黛娜,他们差点吵了起来。黛娜尖叫着,正准备向菲利普扔一个大贝壳的时候,杰克拿起毛毛虫,把它放回菲利普的口袋里。

"黛娜,它没造成什么伤害呀。"杰克说,"别发脾气了!现在别引发一场混战了。今天就让我们安安静静的吧。"

他们把午餐吃得连面包屑都不剩。"都没给海鸥剩下点什么。"菲利普抖了抖包装纸,把它们折起来放进口袋里,懒洋洋地说,"看看这只小海鸥,它真是太温驯了。"

"我真希望把自己的相机带来。"杰克看着这只肥肥的小海鸥,在离孩子们很近的地方走来走去,渴望地说,"我可以给它拍一张精彩的照片。我还没有拍过任何鸟的照片呢。我真的必须拍一张。明天我会把相机找出来。"

"快来吧,"黛娜说着跳了起来,"如果我们打算找到船的主人，我们最好现在就开始找。我敢打赌，我会第一个找到那个奇怪的船夫。"

他们兵分两路，杰克和菲利普一起，两个女孩走另一路。他们走在小沙滩上，紧贴着怪石丛生的悬崖。女孩们发现她们走不了多远，险峻的岩石就挡住了她们的去路，她们不得不回头。

不过，两个男孩设法越过了那块延伸出去的悬崖，正是那悬崖遮掩了他们刚才野餐的小海湾。在悬崖的另一面，是一个没有沙滩的小海湾，只有平坦的礁石逐渐向上倾斜，与悬崖相连接。男孩们一边爬过这些礁石，一边研究水洼中的生物。菲利普往口袋里塞了一只海螺。

"那儿的悬崖有个裂隙。"杰克说，"我们去看看。"

他们往悬崖上的那个裂隙走去。当他们到那儿的时候，发现它比他们预期的要宽得多。从悬崖半山腰某处流下一条小溪，顺着岩石慢慢地流淌到海里。

"这一定是泉水。"杰克说着尝了尝，"是的，这的确是。喂！'草丛头'，你看！"

菲利普望向杰克指着的地方，看到了一个漂在水洼里，几乎都要变成碎渣的烟头。

"有人来过这里，而且是不久前，"杰克说，"否则潮水早就把烟头冲走了。这真让人激动。"

有烟头就证明真的有人在附近，男孩们更加热切地继续寻找着。他们来到悬崖上那条大裂缝前，再往上走一小段路，靠着岩石丛生的斜坡，看到了一间几乎倒塌的小屋。它的后背就是悬崖。屋顶已经大致修补过了。墙壁则早已七零八落，这里一片，那里一片。冬天，这里根本不可能住人。但是，现在肯定有人住在里面，因为屋外矮矮的树丛上摊开晾着一件衬衫。

"看，"杰克低声说，"这一定住着我们要找的那个船主人。他找的这个藏身之处可真不错！"

两个男孩悄悄地向这间摇摇欲坠的小屋走去。这屋子非常古老，可能曾经属于一个独居的渔民。这时，屋里传来一声口哨。

"我们要敲门吗？"菲利普紧张地咯咯一笑。但就在这时，有人从开着的门走了出来，看见了这两个男孩。他大吃一惊，目瞪口呆地站在那里。

两个男孩一言不发地回瞪着他。他们挺喜欢这个陌生人的模样。他穿着短裤和粗布衬衫，敞着领口。他有一张快乐、红润的脸，眼睛炯炯有神，头顶的头发有些稀疏，四周倒是还有很多头发。他身材高大，看起来很强壮，嘴巴附近的胡子刮得干干净净，下巴略微有些突出。

"你们好！"他说，"你们是过来串门的？太好了！"

"我昨天看到你驾船外出啦。"杰克说，"所以我们来看看能不能找到你。"

"你们可真是好人。"这人说，"你们是谁？"

"我们住在陡峭山庄，一座离这里大约一英里半的房子。"

菲利普说，"我觉得你不一定知道它。"

"我还真的知道那里，"这个人的回答让他们出乎意料，"但我以为住在那里的只有几个大人：一个男人，一个女人，还有一个仆人。"

"嗯，平时住在那里的的确只有大人，"菲利普说，"但是我妹妹和我假期也会来这里，与我们的波莉姨妈和乔斯林姨父一起住。这个暑假我们的两个朋友也来了。这是其中的一个，叫杰克·特伦特。他的妹妹露西安也在附近的某个地方。我是菲利普·曼纳林，我妹妹叫黛娜，她正和露西安在一起。"

"我叫比尔·斯莫格斯。"那个男人被菲利普一大段突如其来的介绍给逗乐了，笑着说，"我一个人住在这里。"

"你是突然要来这里的吗？"杰克好奇地问道。

"很突然！"这个人说，"你知道吗，就是突然之间很想来。"

"这里没什么值得来的。"菲利普说，"你为什么来这里？"

那个男人犹豫了片刻才说："嗯，我是一个观鸟者。我对鸟类很感兴趣，你知道吗？这里有很多不寻常的鸟。"

"哦！"杰克欣喜若狂地喊起来，"你也喜欢鸟吗？我对鸟类也很痴迷。一直都很痴迷。我在这里见到了很多以前只在书上见过的鸟。"

然后，这个男孩迫不及待地列举了一长串他见过的稀有鸟类的名单，让菲利普听得直打哈欠。比尔·斯莫格斯听着，并没有多说什么。他似乎觉得杰克对鸟的热情很好笑。

"斯莫格斯先生，你希望在这里看到什么特别的鸟？"杰克终于停下来问。

比尔·斯莫格斯看起来考虑了一下，回答道："嗯，我希望我可以看到一只大海雀。"

杰克先是惊讶地看着他，然后一脸崇敬。"大海雀！"他用又惊喜又疑惑的口吻说道，"但是，它不是已经灭绝了吗？现在已经没有大海雀了吧？你真的觉得你能看到一只吗？"

"这可说不准，"比尔·斯莫格斯说，"可能在某个地方还有一两只——要是能发现它们，就一定会是个独家新闻了！"

杰克兴奋得满脸通红。他望向西边的海面，幽暗岛正隐藏在朦胧的雾气中。

"我敢打赌，我觉得在那样一个荒凉的岛屿上也许会有大海雀，"他指着西方说，"你知道幽暗岛吧。我想你肯定听说过它。"

"是的，我的确听说过，"比尔·斯莫格斯说，"我当然听说过。我很想去那里。但我觉得那是不可能的。"

"你有时候能不能带我们坐船出海？"菲利普问，"我们的仆人乔有一艘漂亮的船，但他不让我们坐。我们很喜欢出海钓鱼、航行。你觉得这样会不会太麻烦你了？但我觉得，你在这里也会有点孤单，对吗？"

"有时候会。"比尔·斯莫格斯说，"好的，我们可以和你们的妹妹一起去钓鱼和航海。这会是很好玩的事情。我们还可以看看究竟能开到离幽暗岛多近的地方，怎么样？"

两个男孩太激动了，他们终于可以坐船航行了。他们跑去喊两个女孩。

"嘿，黛娜！嘿，露西安！"杰克扯着嗓子喊道，"快过来，给你们介绍一下我们的新朋友——比尔·斯莫格斯！"

第12章
一顿美食和给乔的惊喜

　　比尔·斯莫格斯证明自己是一个很棒的朋友。他是一个乐天派，总是有玩笑可说，对琪琪很有耐心，对菲利普不断收集的各种各样的奇怪宠物更有耐心。当菲利普最近收集的一只巨大蜘蛛，沿着他短裤的裤腿爬上来的时候，他甚至也没有说什么。他只是抬起手，抓住那只蠕动着向前的蜘蛛，把它放在了菲利普的膝盖上。

　　当然，黛娜当时几乎歇斯底里了，但庆幸的是蜘蛛厌倦了被囚禁的状态，跑进石缝里消失不见了。

　　孩子们几乎每天都来看比尔·斯莫格斯。他们坐他的船出海钓鱼，然后把捕获的惊人战果带回家，惊得乔连嘴巴都合不拢了。比尔还向他们展示了如何驾船。不久，四个孩子就能操纵自如了。在良好的强风中航行是件很有趣的事情。

　　"这几乎和摩托艇一样快了。"菲利普高兴地说，"比尔，我很高兴我们能找到你。"

　　不过，令杰克失望的是，比尔·斯莫格斯似乎并不想无休止地谈论鸟类，也不想和杰克一起去悬崖上或者海上观鸟。他很乐意听到杰克如痴如醉地谈论鸟，并拿出许多崭新的、看上去很精致的关于鸟类的书，说是杰克可以留着这些。

"但它们还是全新的，"杰克不同意，"看，这本书的书页都没有裁开，你自己都还没有读过呢，先生。你先读吧。"

"不，这些都是你的了。"比尔·斯莫格斯点燃了一支香烟，"其中一本有些地方是和大海雀有关的。恐怕我们永远也找不到这种鸟了。大约有一百年都没有人看见过它了。"

"幽暗岛或者其他像它一样荒凉的岛上可能会有。"杰克满怀希望地说，"我真希望我们可以去那里看看。我敢打赌，那里会有成千上万的，温驯得惊人的鸟群，先生。"

这个关于鸟的无休止的对话让黛娜感到无聊极了。她改变了话题。

"昨天当我们把钓到的鱼带回家时，你真该瞧瞧乔的脸。"她咧着嘴笑道，"他说，你们是不可能从礁石间抓到这种鱼的。你们一定是坐船出海了。"

"你们没有告诉他你们出海了吗？"比尔·斯莫格斯立刻问道。黛娜摇了摇头。

"没有。"她回答，"如果他知道我们用了你的船，他一定会试图破坏这种开心。"

"你们的姨父和姨妈知道你们遇到我的事情吗？"比尔问。黛娜又摇了摇头。

"为什么？"她问道，"你想让他们知道吗？他们知不知道有什么关系呢？"

"嗯，"比尔·斯莫格斯抓抓他头顶秃了的地方说，"我来这里是想一个人待着看看鸟，我不想让人来这打扰我的清净。当然，我并不介意你们这些孩子。你们很有趣。"

比尔·斯莫格斯独自生活在这快要倒塌的小屋里。他有一辆舒适的汽车，用一块油布遮掩着，停在悬崖顶上一个尽可能隐蔽的地方。他可以随时去最近的城镇购物。他把床垫和其他东西带回小屋，使那儿尽可能变得舒适。

孩子们知道他除了有一艘船，还有一辆车的时候，都很激动。他们请求他下次出去购物的时候，把他们也带上。

杰克说："我想买手电筒。你记得我们说过的那个奇怪的秘密通道吗，比尔？嗯，拿着一支蜡烛很难走上去。但是有手电筒的话，就方便多了。如果你开车能带上我，我就可以买一个了。"

"我也想买一个。"菲利普说，"杰克，你不是还说过你想要一些相机胶卷，因为你把胶卷落在罗伊先生那儿了。要是不买些胶卷，你就拍不了照片了。你也需要买些胶卷呢。"

女孩们也想要买一些东西，所以比尔·斯莫格斯就同意第二天带他们去购物。第二天早上，他们都兴奋地挤进车里。

"乔今天也要到镇上去呢。"黛娜笑着说，"如果我们遇见他，那就太好玩了，不是吗？他会大吃一惊的。"

比尔·斯莫格斯的车真是漂亮。对汽车有些了解的两个男孩高兴地研究起来。

"这可是辆新车。"杰克说，"是今年产的，速度很快。比

尔，你很有钱吧？这辆车一定得花好多钱呢。你一定是非常
有钱。"

"我不是很有钱。"比尔咧着嘴笑道，"现在，我们出发啦。"

于是，他们出发了。一离开海岸边糟糕的道路，他们就开
始飞速行驶。这辆汽车马力十足，几乎一路都疾驰着。

"天哪，这和乔驾驶的波莉姨妈的老爷车真是不同！"黛娜
十分享受，"我们用不了多久就能到镇上了。"

他们果然很快就到了。比尔·斯莫格斯把车停好，和孩子
们约好在一家非常豪华的酒店吃午餐，然后他就一个人走了。

"我想知道他去了哪里，"杰克盯着他的背影说，"我们还是
跟着他一起行动吧。我想和他一起去那个毛绒玩具店，看看那
里的毛绒鸟类标本。"

"嗯，你能看出他不想让我们跟着。"黛娜也很失望。她现
在非常喜欢比尔·斯莫格斯，还为给他买冰激凌存了点钱："我
觉得他一定是有自己的事情要做。"

"他有什么事情呢？"露西安问，"我在想，除了观鸟之外，
他应该还有其他工作。因为他遇见我们后，也不怎么观鸟。现
在他认识我们了，可他也没有告诉我们他究竟是做什么的。"

"他从来没有说过他的工作是什么。"杰克说，"不过，他为
什么要和我们说呢？他和我们不一样，我们总是什么都说。大
人是不同的。走吧，让我们去找一家卖手电筒的商店吧。"

他们找到了一家商店，卖非常漂亮的、可以放进口袋的手
电筒。手电筒小巧精致，光束强劲。男孩们完全可以想象得出，

一旦他们打开手电筒，秘密通道哪怕再黑暗，也会被照亮。他们每个人都买了一个手电筒，女孩们也买了。

"这样我们晚上在卧室里就不用点蜡烛了。"黛娜说，"我们可以用手电筒。"

他们去买了几卷适合杰克相机的胶卷，一些糖果和饼干，还为波莉姨妈买了一小瓶气味很浓的香水。

"现在我们该给琪琪买一些葵花子了。"杰克说。琪琪发出一声尖叫。她像往常一样，乖乖地停在杰克的肩上。鹦鹉的叫声让每个路人都惊讶地盯着她，当然，琪琪非常享受这一切。但是，除了严厉地告诉一个跑腿的小男孩立即停止吹口哨外，琪琪几乎没有说一句话。她正满足于自己非常爱吃的葵花子，她在商店里就狼吞虎咽地吃了好几口。

孩子们在商店里看了一会儿，盼着快点到一点钟，他们就可以去酒店和比尔·斯莫格斯会合。就在这个时候，他们看到了乔。

他边开着那辆老爷车沿街驶过来，边对一个过马路的女人按喇叭。孩子们互相搂着对方，猜测乔会不会看到他们。他们其实还有些希望他能看到。

他确实看到他们了。他首先看到了菲利普，然后看见肩上站着琪琪的杰克，最后看到了跟在后面的两个女孩。他竭力地让自己不那么惊讶，结果让汽车突然转向穿过了马路，差点儿撞倒了一名警察。

"你，说你呢！你在干什么？"警察愤怒地喊了一声。乔喃喵地道了歉，重新找起了几个孩子。

"不用逃跑了。"杰克对其他人说，"他开车可追不到我们。我们只管往前走，不用管他。"

于是，他们沿着街往前走，一起聊天，假装没看到乔，也不理会他的大呼小叫。

乔简直不敢相信自己的眼睛。这几个孩子是怎么来这儿的？他们没有公共汽车可搭，也没有火车或者马车可坐。他们也没有自行车。这么远的路程他们不可能这么早就走到这里来。那他们到底是怎么来的呢？

乔着急把车停下来，想要追上孩子们，问个清楚。他一停好车就跳了下来。就在乔跑着追赶四个孩子的时候，他们已经来到了自己和比尔·斯莫格斯约好见面的大酒店。他们跑上了台阶。

乔不敢追着孩子们进入大酒店。他站在大台阶的底部，懊恼地瞪着他们的背影。在城里见到他们已经够让人吃惊了，但更令人吃惊的是他们竟然消失在当地最昂贵的酒店里。

乔坐在最下面的台阶，打算等到他们出来。他会把他们塞进车里带回家，然后告诉波莉小姐，他是在哪里找到他们的。如果她知道他们在昂贵的酒店浪费血汗钱，而不是仅仅吃了一袋三明治的话，她一定会不高兴的。

当孩子们跑上台阶的时候，他们咯咯地笑了起来。比尔·斯莫格斯正在大厅里等着他们。他告诉女孩们洗漱和整理头发的地方。几分钟后，他们又聚到一起，走进餐厅吃午饭。

这是一顿丰盛的午餐。孩子们将摆在他们面前的一切食物一扫而光，还吃完了他们见过的最大的冰激凌。

"哦，比尔，真是太棒了。"黛娜说着长舒了一口气，陷入自己舒适的椅子上，"简直是棒极了。一次丰盛的招待。太谢谢你啦。"

"我想你一定是个百万富翁，"露西安看着比尔数出一张张钞票递给服务员支付账单的时候说，"天哪，我吃得太多了，觉得都站不起来走路了。"

杰克想起了乔，在想他是否还在监视着他们。他起身看了看。

他偷偷地从窗口望向酒店的正门，发现乔正耐心地坐在最下面的台阶上。杰克回到其他人的身边，咧着嘴笑起来。

"这家酒店有后门吗？"他问比尔·斯莫格斯。比尔显得很惊讶。

"有。"他说，"怎么了？"

"因为亲爱的乔正坐在酒店门口等着我们呢。"杰克说。比尔会意地点了点头。

"那我们从后门悄悄离开，"他说，"走吧。不管怎么样，也是该走的时候了。想要的东西都从商店里买到了吧？"

"买到啦！"孩子们说着，在比尔身后排成一队。他带着他们走到酒店的后面，穿过后门来到一条安静的街道。他带他们来到自己停车的地方。所有的人都坐了进来，很高兴度过了这么美好的一天。

　　他们很快就回到了海岸，在距离陡峭山庄最近的地方下了车。他们匆匆地穿过悬崖，迫切地希望在乔之前回到家。

　　大约一个小时后，乔才到家。他看起来很凄惨。他停好车子就去房子里看了看。他首先看到的就是正在下面的礁石玩耍的四个孩子。他站在那里瞪着他们，又生气又惊讶。

　　这可真是个秘密。乔想要知道这秘密是什么。他是不会就这样被四个孩子戏弄和打败的。绝对不会！

第13章
乔又被骗了

乔琢磨着孩子们在镇上的事情，觉得越来越困惑：据他所知，他们除了走路，没有任何其他办法可能到那里去，而他们并没有这么多时间走路去。他得出的结论是，一定是有人开车带他们去的。

于是，他开始密切注意着孩子们。他设法在孩子们附近找些活儿干。如果他们去海边，乔就会在那里收集浮木。如果他们留在家里，乔也留在家。如果孩子们爬上悬崖，乔就尾随其后。这真是最令孩子们厌烦的事情了。

"他跟着我们，会发现比尔·斯莫格斯，还有他的船和汽车。"露西安说，"我们今天都没能去见他。他再这样下去，我们明天也去不成了。"

甩掉乔是不可能的，他对监视孩子们还挺擅长。不久后，孩子们真的被惹恼了。那天晚上，两个女孩和男孩们一起上了塔楼，共同讨论这件事。

"我知道了，"杰克突然说，"我知道我们该怎样才能甩掉他，而且还能让他摸不着头脑。"

099

"怎样?"其他孩子问道。

"哎呀,我们可以钻进山洞。"杰克说,"再从洞口滑进秘密通道,走上陡峭山庄的地下室,趁乔在海滩等我们的时候溜走,然后翻过悬崖去找比尔。"

"哦,这是个好主意。"菲利普说。女孩们有点犹豫不决,因为她们都不喜欢那条秘密通道。不过现在他们都有了手电筒,这倒是一个用它们的好机会。

第二天,四个孩子和琪琪去了海滩,乔仍然对孩子们穷追不舍。

"乔,天哪,离我们远些。"菲利普说,"我们要去山洞了,在那里没有东西会伤害我们。走开!"

"波莉小姐让我照看你们。"乔重复说。这都不知道是他第几次这样和孩子说了,但孩子们都知道这不是他这样做的真正原因。乔享受惹孩子们讨厌的感觉。孩子们做的任何事,他都要插一脚。

孩子们走进山洞。乔在洞外游荡,把浮木捡进他的麻袋里。孩子们从通向秘密通道的洞口滑了下去,然后打开手电筒沿着通道前进。

女孩们根本不喜欢这条通道。她们讨厌这种气味,特别是走到其中一段路的时候,她们发现有些难以呼吸,于是便停了下来。

"回去是没有用的。"菲利普推了黛娜一把,让她继续走,"我们现在已经走了一大半路了。一定要继续往前,黛娜。你挡住我们的路了。"

"别推我！"黛娜说，"我想停就停。"

"哦，你们两个别吵了。"杰克抱怨道，"我相信即使在一艘即将沉没的船上，或者一架即将坠毁的飞机上，你们也会吵起来。走吧，黛娜，别像个傻瓜似的。"

就在黛娜和杰克也快要吵起来的时候，琪琪悲哀地咳嗽了一声，很像乔的声音。孩子们一开始都以为乔找到了这条通道，所有的人包括黛娜在内都立刻匆忙地往前走。

琪琪又咳嗽了一声。"没事啦，是琪琪在捣蛋。"杰克松了一口气。他们继续前进，终于走到了通道的尽头。他们都望着头顶的活门，四个手电筒的光将门照得很亮。

门被推开，随着一声巨响翻了过去。两个男孩爬上地窖的地板，然后帮助女孩们也爬了上来。他们关上了活门，走近紧闭的地窖门。他们把它推开。在门另一边的箱子又倒了下去，发出一阵熟悉的东西撞击的噪音。

孩子们穿门而出，关上了门，重新把箱子堆起来，然后顺着地窖的台阶拾级而上，来到大厨房。那里一个人也没有。真幸运！

他们走出房子，爬上了悬崖。他们沿着小路走，这样就不会被下面海滩上的人发现了。他们匆忙赶去找他们的朋友比尔·斯莫格斯。孩子们一想到亲爱的乔在沙滩上等着他们从洞里出来，就忍不住咧嘴一笑。

比尔·斯莫格斯正在修补他的船。他们都出现时，他高兴地挥了挥手。

"你们好，"他说，"你们昨天为什么不来看我？我都想你们了。"

"这都是因为乔。"杰克说，"他像一个影子一样一直跟着我们。我想他可能怀疑我们有一个有车的朋友，他想找出是谁。"

"嗯，不要告诉他任何事情，"比尔连忙说道，"你们要保密。我不想让乔在这里四处打探。他听起来可不像是一个容易相处的人。"

"你在对你的船做什么呢？"杰克问，"你要出去吗？"

"我是这么安排的，"比尔说，"今天天气真好，大海也很平静，只有微风，我想也许可以去幽暗岛附近看看。"

孩子们都很兴奋，大家谁也没说话。"幽暗岛"！所有的孩子都想在近处看看这个岛，尤其是杰克特别想去那里。如果比尔能带上他们就太好了！

杰克望向西边的海面。他看不到那座岛，因为海面上又出现了低低的热雾。但是他清楚地知道它在哪里。他的心跳很快。那里也许有大海雀。无论如何，那里即使没有大海雀，也许会有其他各种海鸟，而且可能很温驯。他可以带着自己的照相机，他可以……

"比尔，请带我们一起去吧！"露西安恳求道，"哦，带上我们吧！我们会很听话的，而且你知道我们已经学会怎么驾船了。我们真的可以帮上你的忙。"

"嗯，我想带你们去，"比尔说，他点燃一支香烟，微笑地看着眼前的孩子们，"我昨天就想去，但是你们没有来找我，所以我把这次旅行推迟到了今天。我们今天下午去吧，带上下午茶。你们必须再次把乔甩掉。可不能让他看到你们坐着我的船出海，不然他可能会阻止你们的。"

"哦，比尔！今天下午我们要做的第一件事就是这个。"杰克的眼睛闪闪发光。

"真是太感谢了。"菲利普说。

"我们真的可以到幽暗岛附近看看吗？"露西安兴奋地问道。

"我们不能在那儿上岸吗？"黛娜说。

"不能。"比尔说，"你们知道岛周围有一圈危险的礁石群，尽管那儿曾经可能有一个可以穿过它们的通道，据我所知，那个通道现在可能也还在，但我不知道它在哪里。我可不能让你们冒沉船淹死的风险。"

"哦。"孩子们有些失望。为了登上那个可怕的岛，他们倒是很愿意冒被淹死的风险。

"如果你们姨妈允许的话，你们最好现在吃个早午饭。"比尔说，"我想早点出发。如果我们早些出发，潮水正好能够助我们一臂之力。"

"太棒了！"四个孩子立刻从岩石上跳了起来，"下午见，比尔。我们会带下午茶，还会尽可能多带些好吃的，你就等着我们吧。"

他们往家走去，热切地谈论着即将到来的旅程。乔曾经说过很多关于那个荒凉小岛的可怕的事情，一想到要去岛上看看，孩子们就不禁感到兴奋。

"我在想乔是不是还在海滩上，在山洞外面守着我们。"杰克说。孩子们小心翼翼地走到悬崖边，偷偷摸摸地向下看。是的，乔还在下面。这下他可真被骗了！

他们回到了陡峭山庄，找到波莉姨妈。"姨妈，我们能不能早点吃午饭，然后就可以带着下午茶去海边？"菲利普问道，"这样会不会太麻烦您？我们可以帮忙准备午餐，吃什么都可以。"

"贮藏柜里有个冷馅饼，"波莉姨妈想了想，继续说道，"还有一些西红柿和炖好的李子。黛娜，你来铺桌子，其他人可以摆放食物。我来给你们做些三明治当下午茶。还有一个姜黄色的蛋糕，你们也可以吃。露西安，你可以烧壶水吗？如果你们想的话，就在保温瓶里装些茶水带走。"

"哦，谢谢您。"孩子们说完，立刻开始干活。他们给波莉姨妈也留了个位置，但是她摇了摇头。

"我今天不是很舒服。"波莉姨妈说，"我头痛得厉害，什么东西都吃不下。你们今天下午出去玩的时候，我正好可以好好休息一下。"

孩子们觉得有些抱歉。波莉姨妈看起来显然很累。菲利普在想，他的母亲有没有再寄些钱，有的话或许能帮上一点忙。波莉姨妈是不是发现钱又不够用了呢？但是，他不想在其他孩子面前问她。孩子们很快就吃完了午饭，带着包好的下午茶，爬过悬崖出发了。

他们没有看到乔。他仍然在沙滩上为孩子们的消失感到又困惑又恼火。他确信他们就在山洞里。他走进洞穴，喊着他们的名字。

　　当然，没有任何回答。乔喊了一遍又一遍。"嗯，如果他们在山洞里迷了路，那就谢天谢地了，我总算摆脱了他们这些讨厌鬼。"他自言自语道，并决定上去向波莉小姐报告。

　　他回去的时候，孩子们早就不在家了。波莉姨妈在洗碗。她严厉地看了乔一眼。

　　"你今天上午去哪里了？"她问道，"我想找你，但是哪里都找不到你。"

　　"我在找那些孩子呢。"乔说，"我确信他们进了那里的山洞，然后就不见了。我喊了他们很多遍。"

　　"乔，别犯傻了，"波莉姨妈说，"你只是把孩子们当成你偷懒的借口。你很清楚他们并不在那个山洞里。"

　　"波莉小姐，我亲眼看见他们进了山洞，但是并没有看见他们出来，"乔开始有些愤怒了，"我不是一直都在沙滩上等他们吗？我告诉你，波莉小姐，那些孩子进了洞里，而且他们还在那里面。"

　　"不，他们没在里面。"波莉姨妈坚定地说，"他们刚刚出去野餐了。刚才他们回来过，早早地吃了午饭又出去了。所以别再跟我讲他们在山洞里迷路的蠢故事了。"

　　乔吃惊得下巴都快掉了。他根本不敢相信自己的耳朵。他不是一整个上午都在山洞外的沙滩上吗？孩子们一出来，他应该就能马上看到的。

"不要装得这么惊讶了。"波莉姨妈严厉地说，"赶快动起来，干活儿吧。今天下午，你必须连同上午没干完的活儿一起干完。我觉得孩子们肯定是进了山洞，但他们肯定是在你没注意的时候溜出来了。不要像个木头人似的站在那里。快干活儿去。"

乔摇了摇头，闭上嘴巴，静静地到房子里干活去了。他的脑子里仍然满是问号。他记起那个晚上，他把两个男孩追进洞里，认为他们就是菲利普和杰克。潮水涨起来，他们被关在了洞里。但第二天早上，他们已经不在那里了。

现在，这四个孩子做出了同样的事情。乔认为这简直不可思议。他不喜欢发生的这一切。现在这些孩子又把他给耍了。他们去了哪里？嗯，不过，今天下午可不是寻找答案的好时机——波莉小姐的脾气糟透了！

第14章

一睹幽暗岛

孩子们越过悬崖，匆匆地向比尔·斯莫格斯和他的船赶去。比尔早就准备好了，正在等着他们。他把他们带来的一袋三明治，蛋糕，保温瓶，还有自己的一包饼干和巧克力都放到了船上。然后，所有的人都上了船。

这一次，比尔把船开到岸边，而不再把它藏在礁石群里。他蹚着水把船推离岸边，直到船漂浮起来。然后他跳进船里，拿起桨开始划，直到远离了礁石群。

"现在呢，"过了一会儿，当他们漂在海上，把礁石群远远地甩在了身后时，他说，"现在呢，小伙子们，扬帆起航吧，让我们看看你们的表现！"

两个男孩轻松地升起了帆。然后，他们轮流操纵舵柄，比尔对他们很满意。"你们是两个好学生，"他赞许道，"我相信你们现在都可以单独驾驶这条船出海了。"

"哦，比尔，你会让我们单独驾驶吗？"杰克急切地问道，"你可以完全信任我们的，你真的可以。"

"也许有一天，我会的。"比尔说，"只要你们向我保证不会去太远的地方。这样就行了。"

"哦，当然，我们什么都听你的。"孩子们十分郑重地回答。要是能独自驾驶比尔的船在海上航行，那该多让人兴奋啊！

海上的风力正好，小船能平稳而快速地航行，偶尔在遇上波浪时，会稍稍有些摇晃。今天的大海真的很平静。

"这可真美好。"杰克说，"我特别喜欢风鼓动船帆时的声音，海水拍打船舷的声音，还有海风连绵不断的呼啸声……"

黛娜和露西安用她们的双手滑过凉爽柔滑的海水。琪琪站在大船帆上饶有兴致地看着四周。她在那里几乎都要失去平衡了，不得不半张着翅膀来维持一下。她似乎和孩子一样享受着这次旅行。

"把你的脚擦干净，关上门。"她对比尔·斯莫格斯说，试图引起他的注意，"我告诉过你多少次了。"

"闭嘴，琪琪！"所有的人异口同声地喊道，"不要对比尔这么粗鲁，否则他会把你扔下船的。"

琪琪咯咯地笑着，飞到了空中，加入到一对显然被吓了一跳的海鸥中间，对它们说"最好用手帕擦擦"。然后，她发出一声刺耳的尖叫，吓得海鸥们惊慌失措地掉头飞走了。琪琪回到了她一开始站的地方，对自己的表现很满意。她确实喜欢制造骚动，无论是在人类之间，还是在鸟类或者动物之间。

"我还是没有看到幽暗岛。"杰克说，他一直聚精会神地盯着那座岛，"它大概在哪儿呢，比尔？在海上，我好像已经失去了方向感。"

"就在那边。"比尔指着前方说道，孩子们顺着他手指的方向看过去，却什么都没看到。不过，令孩子们兴奋的是，乔口中的那座"不吉利的岛"，离他们越来越近了。

帆船急速前进着，每前进一点，风就更清新一些。女孩们的头发有时被海风吹得在脑后飘动，有时遮住了她们的脸。当海风把比尔的香烟，从他的手指间刮落并吹走的时候，他也只能无可奈何。

"现在要是琪琪有什么用的话，她就应该在这个时候，飞过去把香烟给我叼回来。"比尔盯着鹦鹉说。

"可怜的琪琪。"鹦鹉悲伤地摇头说，"可怜的老琪琪。太可怜了，太可怜了，太可怜了……"

杰克瞄准琪琪将一个旧贝壳向她扔了过去。琪琪咯咯地笑了一声，闭嘴了。比尔试图点燃另一支香烟，但是风太大了，想点燃还真不太容易。

过了一会儿，杰克突然叫了起来："看！陆地哦！那不是幽暗岛吗？一定是。"

大家都努力地分辨着。在热雾笼罩中，出现了一块陆地。毫无疑问，那就是幽暗岛。

"是的，就是那座岛。"比尔也兴趣满满地说，"这岛相当大啊。"

随着船离岛越来越近，岛屿也变得越来越清晰，孩子们可以看到岛上布满了岩石和山丘。周围是连绵湍急的海水。浪花飞溅到空中，孩子们能看到，岛上到处都是从海中突出来的锯

随着船离岛越来越近，岛屿也变得越来越清晰，孩子们可以看到岛上布满了岩石和山丘。

齿状岩石。

他们的船离岛更近了。此时的海面变得波涛汹涌，露西安的脸色开始发青。她是这些人中唯一一个不是一流水手的人。但是，她勇敢得什么话也没说。很快，晕船的感觉就开始减轻了一些。

"现在你们可以看到，围绕在岛屿周围的是一圈一圈的巨石。"比尔说，"我的老天，这些石头好凶险！我猜一定有很多船曾经撞上过它们沉没了。我们绕着岛转几圈，看看我们能不能找到入口吧。但是我们不能再靠近了，你们求我也没用。"

现在，"信天翁"号所处的海面波涛翻涌，可怜的露西安再次脸色发青。比尔·斯莫格斯注意到她的脸色，说道："露西安，吃块饼干吧。小口小口地吃吧。吃了就不恶心了。"

饼干果然奏效了。露西安感激地小口小口地吃着饼干。对这次旅行的兴趣很快就压住了晕船的难受劲儿。幽暗岛果然名副其实。孩子们目光所及之处，都很荒凉。锯齿状的岩石构成的几座小山在岛屿的中部高高地突起。岛上生长着矮小的树丛，有些地方还长着绿油油的草。小岛长着海藻的那一面，有一种颜色为奇特红色的岩石，但在其他地方的岩石都是黑色的。

"就和我预想的一样，这里有成群结队的鸟。"杰克一边激动地用他的望远镜望着，一边说，"天哪，比尔，快看那些鸟！"

但是比尔丝毫不敢松开舵柄。波涛汹涌的海面上，在礁石圈附近航行是件十分危险的事情。他向杰克点点头。"我相信你的话。"他说，"你要是认出什么鸟了，告诉我就行了。"

杰克报出了一串鸟类的名字。"比尔，这里有成千上万只的鸟！"他大声呼喊，"哦，让我们靠岸吧。我们一定能找到什么方法通过礁石圈。求求你，求求你了。"

"不行，"比尔坚决地说，"我说过不行。即使我们知道路，登岛也是一件危险的事情，更何况我确实不知道什么路。我不会为了近距离看几只鸟就让大家冒生命危险——你在陡峭山庄也能看到这些鸟啊。"

帆船绕着岛屿环行，小心地与这凶险的礁石圈保持着距离。浪花撞击在礁石上，飞溅到空中。孩子们看着海浪，注意到它们是如何在凶险异常的岩石上奔腾，不断地发出咆哮。这真是太震撼人心了，孩子们兴奋得想要大喊。

杰克靠着他的野外双筒望远镜，能清楚地看到整座岛。他把望远镜紧贴在眼睛上，看着成百上千的鸟，或在空中飞翔或在地上驻足。菲利普拍了一下他的胳膊。

"也让别人看看吧。"他说，"望远镜借我用用。"

杰克并不想把望远镜交出去，因为他害怕错过一个看到大海雀的机会。但他最终还是把望远镜递给了菲利普。菲利普对鸟类倒是不怎么感兴趣，他用望远镜扫视着岛屿的海岸，惊叹道：

"喂，这岛上还有一些房子什么的。不过现在肯定没人住在里面。"

"当然没有了。"比尔说，"这个岛被遗弃了这么久。我无法想象为什么曾经有人在上面生活。他们不能在岛上耕种，也不能钓鱼。这就是一个荒凉的、无法生活的地方。"

"我想我看到的只是废墟。"菲利普说，"这些废墟似乎都在山里，我无法看清楚。"

"有人看到乔所说的'东西'在岛上游荡吗?"黛娜笑着问。

"这里根本就没有人。"菲利普说，"用望远镜看看吧，黛娜，露西安。怪不得这里叫幽暗岛。它真是一个非常阴暗的地方，除了海鸟之外，就没有别的生物了。"

两个女孩也轮流用望远镜看了看。她们一点儿都不喜欢这个岛的样子。这个岛光秃秃的，十分丑陋，还有一种异样的令人产生愁思的气氛。

帆船绕着小岛航行了一周，一直小心地与守护岛四周的礁石圈保持着距离。唯一看起来可能是礁石圈的入口的是岛西面的一个地方。在那里，海水较为平静，虽然仍然有飞溅到空中的浪花，但是孩子们能够看到海面上并没有突起的礁石。浪花都是海浪拍打在附近的岩石上激起来的。

杰克说："我敢打赌，那是去岛上唯一的入口。"

"嗯，我们不能轻举妄动。"比尔·斯莫格斯立刻说道，"我现在要离开这座岛，去平静点的海面。然后，我们就能放下帆，享受我们的下午茶，船也只会轻轻摇晃，而不是像现在这样高低起伏。可怜的露西安，她的脸色一直发青呢。"

杰克通过望远镜，最后看了一眼小岛。他突然惊叫了一声，吓得黛娜差点失去平衡，琪琪也从她的落脚处掉了下来。

"你看到了什么?"比尔·斯莫格斯也被吓了一跳。

"一只大海雀!"杰克大喊道,眼睛紧贴着望远镜,"是的,那就是——一只很大的鸟——身体的两侧长着小翅膀,嘴巴像大剃刀。真的是一只大海雀!"

比尔把舵柄暂时交给杰克,拿起望远镜看了看。但是他并没有看到大海雀,又把望远镜还给兴奋的杰克——他的眼睛正闪着喜悦的光芒。

"我认为那只是一只刀嘴海雀。"他说,"大海雀是很像刀嘴海雀,你知道吗,你太想找到大海雀了,孩子。那并不是一只大海雀,我能确定。"

但是,杰克依然确信那就是大海雀。不过,他已经看不到那只鸟了。当他们离这座岛越来越远时,他坐在船上不断地回望着幽暗岛。大海雀就在那里。他能肯定,那就是一只大海雀。他确信自己看到了一只。比尔怎么能说那是一只刀嘴海雀呢?

"比尔,比尔,我们回去看看吧,"杰克恳求着,不能自已,"我确定那是一只大海雀。我是突然间看到的。你想象一下,如果我找到了一只已经灭绝了多年的大海雀,人们会有什么样的反应呢!"

"没有人会在乎的。"比尔·斯莫格斯淡淡地说,"只有少数热衷鸟类的人才会感到兴奋。你就冷静点儿吧——我恐怕那根本不是你想的那种鸟。"

可是杰克冷静不下来。他坐在船上,显得非常激动。他两眼发光,满脸通红,头发在风中乱飞。琪琪也感到杰克十分兴奋,她回到杰克的肩膀上,用嘴啄他的耳朵,想引起他的注意。

"那就是一只大海雀，那就是，那就是。"杰克说道。露西安用手挽着他的胳膊，并且越挽越紧。她也相信那就是一只大海雀，不管怎么样，她都不想破坏哥哥的兴致。但菲利普和黛娜都不相信那就是大海雀。

他们漂荡在平静的海面上，享受着下午茶。帆已经收了，船在水上随波漂流。杰克虽然喝了茶，却什么都吃不下。露西安一直晕船，这会儿特别饿，于是把杰克剩下的那部分食物也吃掉了。其他人也吃完了自己的那一份。这真是一个宜人的下午。

"我们什么时候可以自己驾驶你的船出海呢？你答应过我们的。"杰克突然问道。比尔·斯莫格斯看了看他，目光犀利。

"只要你向我保证，不会行驶得太远就可以。"他说，"你知道的，不要急着开船去幽暗岛上找什么大海雀。"

这正是杰克脑海中的计划，他立即脸红了。"好吧，"他终于答应道，"我保证不驾驶你的船去幽暗岛，比尔。但是我们改天真的可以独立驾驶船吗？"

"是的，你们可以。"比尔说，"我觉得你们也确实能驾驶船了，只需要挑个海面平静的日子，那样就不会有什么危险。"

杰克看起来很高兴。他脸上露出一个神往的表情。他知道自己会怎么做。他会遵守对比尔·斯莫格斯的承诺，他不会开比尔的船上幽暗岛。但他可以驾驶别人的船去啊。他会用比尔的船练习航行和划桨，一旦他确定自己完全学会了这些，他就会借乔的船去那座岛。

这是一个非常大胆的计划，杰克非常兴奋地想要找到一只大海雀。当其他人都认为这种鸟已经绝迹的时候，他愿意承担一切风险去岛上寻找。他确信，他能找到那个礁石圈的入口。当他靠近礁石圈时，他会卷起帆，自己划桨。乔的船又大又重，但是杰克认为他能很好地控制它。

比尔在的时候，杰克对其他人什么也没有说。这计划一定不能让比尔知道。他是一个乐观善良的好朋友，但是他还是一个成年人，成年人总是阻止孩子做任何有风险的事情。于是，杰克坐在摇摆的船上，专注地构思着他大胆的计划，对其他人的评论或嘲笑充耳不闻。

"他已经神游到岛上，去看他的大海雀了。"黛娜笑着说。

"可怜的老杰克，大海雀让他什么都不想吃了。"菲利普说。

"醒醒！"比尔说着，用肘轻推了杰克一下，"和大家说说话吧。"

享用完下午茶，他们决定轮流划船回去。比尔认为让他们锻炼一下是有好处的，而且孩子们都很喜欢操纵桨的感觉。杰克的劲头最大，心里想着这是为了他能去岛上的绝佳练习。

"好了，我们回来啦，安全返航。"当船驶回岸边的时候，比尔喊道。男孩从船上跳到水中，把船拉进港湾。女孩们也带着保温瓶和其他东西下了船。比尔把船拉到了岸上。

"那么，再见吧。"他说，"我们玩得很开心。如果你们愿意的话，明天再来吧，我会让你们有机会独自驾船的。"

"哦，谢谢你！"孩子们高兴地叫起来。琪琪重复着这些话：

"哦，谢谢你！哦，谢谢你！哦，谢谢你！哦，谢谢你！"

"琪琪，安静些。"菲利普笑着对琪琪说。但是在回家的路上，琪琪一直念叨着这些话："哦，谢谢你！哦，谢谢你！哦，谢谢你！"

"你们今天下午过得开心吗？"波莉姨妈在他们进屋的时候问道。

"很开心。"黛娜说，"波莉姨妈，您的头痛好些了吗？"

"并没有好多少。"姨妈疲惫地说，她的脸色还是有些苍白，"我想今晚早点儿睡，黛娜，你能帮我把你姨父的晚餐送给他吗？"

"好的，我会的。"黛娜说道。她不太喜欢这个任务，因为她非常害怕她那博学的古怪姨父。

这时，乔走了进来。他盯着这四个孩子。"你们到哪里去啦？"他粗鲁地问道，"还有，今天早上你们进了那个山洞后，去了哪里？"

"我们回家来了啊。"菲利普说着，还做出了一个惊讶的表情，彻底激怒了乔，"你难道没看见我们吗？亲爱的乔，我们刚野餐回来呢。你为什么这么关心我们去哪里了？你是想和我们一起去吗？"

乔生气地哼了一声，这声音立刻被琪琪学会了，她随即咯咯地发出了恼人的笑声。乔恶狠狠地看了鹦鹉一眼，然后大步离开了。

"你们别逗乔了。"波莉姨妈疲倦地说，"他真的变得越来越懒了。他整个上午都不在房子附近干活。嗯，就这样吧——我先去睡觉了。"

"杰克，你帮我端一下乔斯林姨父的托盘吧，"晚饭做好之后，黛娜对杰克说，"这个盘子太重了。"但是菲利普像往常一样又不知道去哪里了。当有活儿要干的时候，他总会消失。

杰克端着那个沉重的托盘，跟着黛娜来到她姨父的书房。她敲了敲门，听到里面传来一声咕哝，黛娜觉得那就是姨父在说"进来"。

他们进去了。琪琪像平时一样站在杰克的肩膀上。"姨父，您的晚餐，"黛娜说，"波莉姨妈去睡觉了。她太累了。"

"可怜的小鹦鹉，可怜的小鹦鹉。"琪琪用怜悯的口吻说。乔斯林姨父抬头一看，吃了一惊。他一看到这只鹦鹉，就举起一个镇纸。

琪琪立刻飞出了房门，乔斯林姨父把镇纸放了下来。"别让那只鹦鹉进来。"他暴躁地说，"这只惹事的鸟。把盘子放在那里。你是谁，年轻人？"

"我叫杰克·特伦特。"杰克回答，他惊讶有人竟然可以如此健忘，"先生，我们刚来这里的时候，您见过我和我的妹妹露西安。您不记得了吗？"

"家里的孩子太多了。"乔斯林姨父抱怨道，"我根本无法完成任何工作。"

"哦，姨父，您知道我们可是从来不打扰您的。"黛娜有些愤愤不平地说。

乔斯林姨父正在俯身查看一张又大又旧的地图。杰克瞥了一眼那张地图。

"哦,"杰克说,"这是这片海岸的局部地图,那是幽暗岛,是不是,先生?"

他指着这张大地图上描绘得很细致的岛屿轮廓。乔斯林姨父点了点头。

"您去过那儿吗?"杰克急切地问道,"先生,今天下午我们看到它了。"

乔斯林姨父阴沉地说:"从来没去过,也不想去。"

"今天下午,我在那里看到了一只大海雀。"杰克骄傲地说。

乔斯林姨父像是没听到杰克的话似的。"无稽之谈,"他说,"这鸟已经灭绝了很久。你看到的肯定是一只刀嘴海雀。别傻了,孩子。"

杰克很恼怒。只有露西安关注他的伟大发现。可是他知道,即使他说他曾经在岛上看到过圣诞老人,她也会相信他的。他怄气地瞪着这个邋遢的、皱着眉头的老头。

乔斯林姨父回瞪了他一眼。

"请问我可以看看这地图吗?"杰克突然问道,他认为地图上可能会有礁石圈的入口。

"为什么?你对地图感兴趣?"乔斯林姨父惊讶地问道。

"我对幽暗岛很感兴趣。"杰克说,"先生,请问我能看一下地图吗?"

"我还放了一张更大的地图,是整个岛的地图,非常详细。"

乔斯林姨父说。因为有人对他的地图感兴趣，他变得很高兴："让我找找它在哪里。"

当他去找地图的时候，杰克和黛娜仔细地看着这张海岸的地图。在地图上，被一圈礁石环绕着的就是幽暗岛。岛的形状很奇怪，就像一个一边的中段有个突起的鸡蛋。它的海岸线蜿蜒曲折。幽暗岛差不多就在陡峭山庄的正西边。

杰克专注地查看着地图，感到非常兴奋。如果乔斯林姨父能把这张地图借给他就好了！

"你看。"他压低声音对黛娜说，"你看，这个礁石圈，在这里有个缺口。看到了吗？我敢打赌，这就是我今天下午觉得是入口的地方。看到地图上标出的那个小山丘了吗？礁石圈的入口就在它对面。如果我们想去岛上——天知道我有多想去那里，我觉得只需要找到岛上最高的那座山就可以了，之后就能在山的对面看到礁石圈的入口。太容易了！"

"在地图上看起来是很容易，但我敢打赌，当你出海时，恐怕比你想象的要困难得多。"黛娜说，"这样听起来，你好像是非去不可了，杰克。但是你知道的，我们答应过比尔·斯莫格斯不去的。我们不能违背自己的诺言。"

"我知道的，傻瓜。"杰克说，他从未违背过自己的诺言，"我有另一个计划，以后再告诉你。"

令两个孩子倍感失望的是，乔斯林姨父没有找到那张整个岛的大地图。他也不肯把这张地图借给杰克。

"当然不行了。"他似乎有些震惊地说，"这是一张非常非常古老的地图，有几百年历史。我做梦都不会把它交给你。你肯定会弄坏，或者弄丢什么的。我知道小孩子是什么样的。"

"您不知道呢，姨父。"黛娜说，"您不知道我们是什么样的。我为什么这么说呢，因为我们几乎都见不到您。求求您了，请把地图借给我们吧。"

但是没有什么能说服乔斯林姨父借出他珍爱的地图。于是，杰克和黛娜最后看了一眼幽暗岛的样子，以及保护着它的奇特的礁石圈，还有那个入口的位置，然后他们就离开了那间无比杂乱的、堆满书籍的书房。

"不要忘记您的晚餐哦，姨父。"关门的时候，黛娜回头说。乔斯林姨父咕哝了一声。他早已经重新沉浸在他的工作中了，完全没有注意到身旁装着晚餐的托盘。

"我敢打赌，他会忘记吃晚饭。"黛娜说。她说对了。第二天，当波莉姨妈就像往常一样，走到书房的时候，餐盘还是放在桌子上，盘子里装满了肉和蔬菜，还有馅饼和奶油蛋羹。

"你还不如个孩子呢。"波莉姨妈责备道，"是的，你真是不如个孩子，乔斯林。"

第15章
一个奇特的发现和
一段美好的旅行

那天晚上，杰克把他的计划告诉了其他人。刚开始的时候，他们充满了怀疑，不过逐渐变得激动不已。

"我们真的能找到入口吗?"露西安害怕地问。

"很容易。"杰克说，他一旦决定了要做什么事情，就会忽略任何困难，"我敢肯定今天下午我看到了入口，我确实在那张地图上看到了。黛娜也看到了。"

"黛娜也看到了。黛娜也看到了。黛娜也看到了。"琪琪富有节奏地重复着。没有人注意到她。所有人兴奋地继续讨论着。

"你们知道的，一旦我觉得自己可以熟练驾驶比尔的船，我就不用担心驾驶乔的船了。"杰克说。

"如果被乔发现的话，他会把你揍个半死。你准备怎么瞒着乔做到呢?"菲利普说。

"我会等到他开着老爷车去买东西的时候。"杰克立刻说，"我全都想好了。他一开车，我就驾船出海，然后赶在他回家之前回来。如果我没能按时返回——那我就没办法了——你们就得想办法，分散他的注意力，或者把他锁在地窖之类的地方。"

其他人都咯咯地笑起来。把乔锁起来这个主意无疑把大家都逗乐了。

"但是，听我说，"菲利普说，"我们不和你一起去吗？你可不能一个人去。"

"我可不带女孩子。"杰克坚定地说，"我自己不在乎冒任何风险，但是我不想让所有的人都去冒险。就你和我一起，菲利普。"

"我不愿让你去冒险。"可怜的露西安眼中蓄起了泪水。

"别那么孩子气。"杰克说，"你为什么不能像黛娜那样，当我想做什么事情的时候，不要瞎担心呢？黛娜从不会阻止菲利普去冒险，对吧，黛娜？"

"不会。"黛娜很清楚地知道，菲利普可以很好地照顾自己，"我只是希望我们可以一起去。"

露西安忍住泪水。她不想把杰克的事情搞砸，但是想到他有可能会撞船或淹死就觉得很可怕。她真心希望大海雀从未存在过。如果它们不存在，它们就不会灭绝，如果它们没有灭绝，就不会有再找到一只的兴奋感。

杰克那天晚上没怎么睡。他躺在床上满脑子都是幽暗岛和岛上的鸟，迫不及待地想驾船出海，确认下午通过望远镜看到的那只鸟到底是不是大海雀。如果他抓住了一只大海雀，他可能会赚到一大笔钱。它不能飞，它只能游泳。它可能非常温驯，很容易就被人抓到。也许会有三四只大海雀。如果能证明这个发现就太美妙了。

杰克起身走到窗前，向西边即幽暗岛所在的位置望去。今晚天上没有月亮，他一开始什么也没看见。但是，当他认真盯着西方看，努力想着幽暗岛的时候，他惊讶地看到一些明显不同寻常的东西。

他眨了眨眼，又看了看。西边岛屿所在的地方，好像有一束光闪过。杰克看着这光慢慢地熄灭，然后又亮了。"这不可能是一束自然光。"杰克说，"无论如何，这不可能是岛上的灯光。它一定是某艘船从很远的地方发出的信号。"

西方的这道亮光又消失了，并且没有再出现。杰克缩回他的头，想上床睡觉。他确信自己见过的一定是从船上发出的亮光。

但是，就在他回床上睡觉之前，又有别的东西吸引了他。房间另一侧狭窄的窗户——那扇可以俯瞰悬崖顶部的窗户，被一道柔和的光线照亮了。杰克惊异地睁大了眼睛。

他跑到窗口向外望去。这亮光是从悬崖顶部发出来的。有人在那里生了火，或者有一个明亮的灯笼。那会是谁呢？而且为什么要在晚上发出亮光？它是在向海上的船发信号吗？

杰克的房间是陡峭山庄中最高的，房间所在的塔楼是从悬崖顶上突出去的。但是他伸出脖子尽量往外看，还是看不到悬崖顶上的这道亮光是什么发出的，也不知道它究竟在哪里。他决定出去找出答案。

他没有叫醒菲利普。他穿上短裤、上衣和鞋子，蹑手蹑脚地走下楼梯。他很快就爬上了通往悬崖顶部的小道。但是当他

但是他伸出脖子尽量往外看，还是看不到悬崖顶上的这道亮光是什么发出的，也不知道它究竟在哪里。

到那里的时候，却根本没有发现任何光亮——甚至都没有闻到任何点火的气味。这真是非常令人费解。

这个男孩在悬崖上跌跌撞撞地往前走——突然间，他感到万分惊恐。有人一把抓住了他。

"你在这里做什么？"这是乔的声音，他摇晃着杰克，直到他都喘不过气来，"快说，告诉我你来这里做什么。"

杰克在惊恐中，立刻就将真相和盘托出。

"我在塔楼的房间里看到了一道亮光，我想来看看它是什么。"

"我告诉过你晚上悬崖上有'东西'，不是吗？"乔用令人害怕的口吻说，"嗯，就是那些'东西'发出的亮光，它们有时候还会大喊大叫，天知道它们还做了些什么事。我不是告诉过你，晚上不要出来游荡吗？"

"那你出来干什么？"杰克问道，他开始从恐惧中恢复过来。

乔再次摇了摇他，很高兴有一个孩子落在自己的手里。"我也是出来看看那个亮光是什么的，"他咆哮着说，"知道了吧？我当然是因为这个才出来的。但是，总是那些'东西'在惹是生非。现在你答应我，永远不会在晚上离开你的卧室。"

"我什么都不会答应你的。"杰克说着，开始奋力挣扎，"让我走，你这个坏蛋。你弄疼我了。"

"我会让你更痛的，除非你答应我晚上不会再出来了。"乔威胁道，"我这里有一条绳索，你看到了吧？这是我一直为你和菲利普准备的。"

幽暗岛的灯光

杰克很害怕。乔极其强壮，恶毒又残酷。他感觉乔正在解开他腰间的绳索，便又开始奋力挣扎。

是琪琪救了他。这只鹦鹉原本安静地睡在杰克为她准备的栖木上，突然在塔楼顶的房间里想念起了杰克。她就出来寻找她的主人。只要有可能，她就不想和他分开太久。

正当杰克想着要不要咬乔一口的时候，琪琪就尖叫着猛冲下来。"琪琪！琪琪！咬他！咬他！"杰克喊道。

鹦鹉很高兴地紧闭起她那尖锐而弯曲的喙，啄着乔胳膊上的肉。乔松开了杰克，发出了一声痛苦的哀号。他伸手去打琪琪，但她早就飞得远远的，伺机准备再次发起进攻。

这一次，她撕扯了一下乔的耳朵，他大声叫道："快让这只鸟停下来！否则我就扭断它的脖子！"

杰克从悬崖上的小路消失了。当他到达一个远离乔的安全地带后，他对琪琪喊道：

"琪琪！快过来。你真是只好鸟。"

琪琪在乔的另一只耳朵上咬了最后一口，然后尖叫着飞走了。她飞到杰克的肩膀上，在他的耳边发出柔和的声音。杰克温柔地挠了挠她的头，在回家的路上，他的心脏跳动得很快。

"以后要和乔保持距离哦，琪琪。"杰克说，"如果他逮着机会的话，肯定会扭断你的脖子。我不知道你啄得他怎么样，但那一定很疼。"

杰克叫醒了菲利普，告诉他刚才发生的事情。"我觉得这个亮光是来自海上的一艘船，"他说，"但我不知道其他的亮光是

128

什么。乔说，他也是上去查看的，但他认为这是他一直说的那些'东西'弄出来的。天哪，我几乎被他揉碎了，菲利普。如果没有琪琪，我想我早就倒大霉了。"

"好样的！琪琪。"菲利普说。琪琪高兴地重复着他的话。

"好样的！琪琪。好样的！琪琪。好样的！琪琪。"

"够了。"杰克说。琪琪立刻停了下来。杰克蜷缩在床上。"我累了。"他说，"我希望能很快睡着。我之前根本就不困。我满脑子都是幽暗岛。"

他一会儿就睡着了。他梦见一张标着幽暗岛的大地图，一艘试图去岛上的船，还梦见乔死死地抓着他，试图把他和船都拉回来。

第二天早上，孩子们一想到比尔·斯莫格斯允许他们自己驾船出海，就感到很开心。他们很快干完了自己的活儿，早早地出发了。那天，乔的心情很糟糕。他无精打采地站着，皱着眉头，瞪着杰克和琪琪，好像想抓住他们俩。

他第一次没有尾随他们，或者试图跟踪他们去哪里了。波莉姨妈命令他在早上干完一些活儿，并且给他布置了各种各样的任务。他知道逃避是没用的，只好闷闷不乐地开始工作。摆脱了乔的监视，孩子们很容易就逃走了。

"我今天要到镇上去，"当孩子们来到比尔那快要倒塌的小屋时，他说，"我要去买锤子、钉子和木头，来修补我的房子。墙上又有几个地方倒塌了。昨天一整晚，都有一股大风在我四周猛吹，至少在这个小地方看起来是大风。我必须修补一下。

你们想和我一起再去买些东西吗?"

"不用了,谢谢你。"杰克立刻说,"比尔,我们今天宁愿坐船出海。今天海面相当平静。我们会非常小心的。"

"当然,你们会记得你们的承诺。"比尔严厉地看着杰克说。杰克点点头。

"我不会走开得太远的。"杰克说,其他人也附和道。他们目送比尔上了车,看着他小心翼翼地开上了颠簸的路,开往通向镇上的崎岖公路。

然后他们就去取船。比尔把它停在了岩石堆的隐蔽处。孩子们还不知道他为什么喜欢把船停在那里,但是他们猜想他大概是不想船在他不在的时候被偷走。他们不得不游到那里。之前,他们把干衣服包在一个比尔借给他们的油皮袋里。菲利普把袋子拖在身后。

他们游到岩石堆,想办法穿了过去,最终来到那个停船的平地。这里远离波浪冲击。他们打开油皮袋,换上了干衣服。他们把游泳衣扔进船里,然后把船拉下水。

岩石周围的海水很深,船顺利地滑入水中,几乎没有溅起什么水花。孩子们拥到船上,两个男孩抄起了船桨。

他们稍微花费了点力气,才划着船离开了岩石堆,划进了开阔的水域。接下来,他们的任务就是:在没有比尔·斯莫格斯的帮助下,把帆升起来。

"对我们来说,这应该没什么困难。"杰克喘着粗气,拉着各种绳子,"我们昨天不就独立完成了吗?"

但是，昨天有比尔指导他们怎么做。现在如果他们遇到麻烦，可没有人帮助他们。尽管如此，他们忙了一阵子之后还是起航了。黛娜几乎被撞下了船，但最后还是自己站了起来。她很生气。

　　"菲利普，你是故意的。"她对她哥哥说，而菲利普还在忙着应付各种绳索，"你快道歉！比尔说过，在船上不能捣蛋。"

　　"闭嘴。"菲利普说。他突然被一根绳子绊住了，看起来似乎要被勒死了："杰克，帮帮我。"

　　"你来操纵船舵，黛娜。"杰克命令道，"我得去帮助'草丛头'了。黛娜！你听到了吗？握着舵柄，让我去帮帮菲利普。"

　　黛娜突然发现菲利普确实遇上麻烦了，就过去救他，把他从绳索中解放出来。

　　"多谢了。"菲利普说，"这些绳子可真麻烦！我好像解开了太多的绳子。船帆还好吗？"

　　船帆似乎还好。风吹鼓了船帆，船开始飞速前进。开船真是太有趣了。孩子们为能够独处，自己驾船出海而感到自豪。对于孩子们来说，这艘船可真是够大的了。杰克望着隐约浮现的幽暗岛。总有一天，他会去岛上看看，天知道他会找到什么！大海雀的画面立刻出现在了他的脑海中。他一激动，改变了船的航道，船帆转了过去，差点撞到蹲着的其他孩子的脑袋。

　　"笨蛋！"菲利普气愤地说道，"喂，让我来掌舵吧。如果你再闹，我们都会掉进水里的。"

　　"对不起，"杰克说，"我只是在想怎样才能把乔的船开出来。菲利普，你认为我们什么时候可以这么做？两天还是三天？"

"我觉得，我们到时候一定有能力把乔的船开出来。"菲利普说，"你一旦掌握了诀窍，并且动作足够快的话，那就会很容易。我在船上就对风向和风力逐渐有感觉了。可怜的露西安永远都没法感受到。你看她的脸变得多青啊。"

"我还行。"露西安勇敢地说。他们进入了一片波涛汹涌的海域，可怜的露西安的肚子开始不舒服了。但什么都不能阻止她和大家在一起。即使她知道自己会一直晕船。露西安可真够勇敢的。

过了一会儿，孩子们收起了船帆，把桨拿出来划。他们谨慎地牢记着自己对比尔的承诺，并没有航行得太远。他们觉得花时间多练习下划船也是有好处的。

所有的人都轮流练习，很快就能在不用船舵的情况下，顺利地把船划向任何地方。

接着，他们再次扬起船帆，向岸边驶去。他们特别为自己感到非常自豪。当他们靠近岸边时，看到比尔·斯莫格斯在向他们招手。他已经回来了。

他们驾船靠近海滩，把船停好了。"好样的！"比尔说，"我看到你们在海上了。你们做得很好。明天你们可以再去一次。"

"哦，多谢，"杰克说，"我想，我们今天下午不能再试一下了，是吗？黛娜和露西安没法来了，因为她们必须为波莉姨妈干活。但是，菲利普和我可以来。"

女孩们都知道，杰克是想看看他和菲利普是否能够独自操作这艘船，为独立驾驶乔的船出海做准备。所以，即使她们很想在一起，也什么都没说。比尔·斯莫格斯答应了，男孩们如果想去，当天下午就可以驾船出海。

"今天我就不和你们一起了。"他说，"我要修理我的收音机。它坏了。"

比尔有一台很棒的收音机，是男孩们见过的最好的。它被放在这座老房子的后面，比尔可以收到任何电台。他压根儿不允许男孩们瞎摆弄它。

"嗯，那我们今天下午去吧。"杰克高兴地说，"比尔，你真是太好了！愿意把船借给我们。真的太好了！"

"别客气。"比尔·斯莫格斯咧着嘴笑道。

琪琪跟在后面模仿他："别客气。别客气。别客气。可怜的老琪琪，擦擦你的脚。没关系，没关系，别客气。"

"哦，这倒提醒我了。"杰克说着，回忆起前一天晚上的奇怪经历。"比尔，你听我说。"他接着详细讲述了自己在悬崖边上遇见乔的冒险，比尔·斯莫格斯聚精会神地听着。

"你看到了亮光？"他问，"在海上和悬崖上都出现了亮光。非常有意思。难怪你想调查一下。乔显然对这亮光也很好奇。嗯，我给你一点建议，尽量别和乔对着干。他这个人，听起来可不怎么样，像是个危险的家伙。"

"噢，他就是脾气有点暴躁，讨厌孩子，也不喜欢孩子的游戏。但我认为，他不敢真的伤害我们。"菲利普说，"他和我们住在一起已经好多年了。"

"真的吗?"比尔饶有兴趣地说道,"嗯,嗯,如果乔走掉的话,你们很难找到代替他的人。尽管如此,你们还是要提防着他点。"

几个孩子一起走了。菲利普嘲笑着比尔的警告,但杰克却放在了心上。他没有忘记昨晚被乔抓住时的恐惧。

"我觉得比尔的话还是挺对的。"杰克有些害怕,打了个冷战,"乔可能是一个非常危险的家伙。"

第16章
奇怪的发现

接下来的三天，孩子们努力练习着划桨和驾船，直到他们可以完全熟练地操控比尔的船，几乎和比尔一样自如。比尔对孩子们的表现十分满意。

"我得说，我很高兴看到孩子即使面对艰苦的工作，也能够持之以恒。"他说，"就连琪琪也在坚持。她站在船帆上，有一半时间都在设法保持平衡，却没有想过要离开。说到露西安，她可是最优秀的一个，因为她大部分时间都在和晕船做斗争。"

那天下午，他们起初看到乔一直在房子后面的院子里，从深井里抽水，便跑去仔细地检查乔的船，看看他们能不能独立驾驶它。

他们站着看船在水面上来回摆动。这艘船比比尔的要大，但是也没大多少。他们确信在这艘船上，肯定没有什么问题。

"可惜琪琪不会划桨，"杰克说，"不然她就可以来划第三对桨，我们会进展得更顺利。"

"好吧。"琪琪说，"好吧。天佑吾王。"

"傻瓜。"菲利普亲切地说。他像杰克和露西安一样喜欢琪琪，琪琪很熟稔地向他飞去。"我说，'小雀斑'——我在想乔什么时候再去镇上。我急切地想试试这船，你不也想吗？"

"我的确是这样想的。"杰克说，"我一直在想着我看到的那只大海雀。我非要近距离地看看它才会开心呢。"

"我打赌你找不到它。"菲利普说，"不过如果你能找到它的话，那真是太有趣了。但是把它抱回来，琪琪会不会嫉妒呀？"

让孩子们高兴的是，波莉姨妈宣布，乔明天要去买东西。"如果你们想要什么东西，就告诉他。"她说，"我会给他一长串购物清单，你们可以加上任何你们需要的东西，把钱给他就行。"

他们在清单上加了一节手电筒的电池。有一天晚上，黛娜一直开着她的手电筒，现在已经没电了。她需要一节新电池。杰克在清单上加了一卷胶卷。他一直在陡峭山庄周围拍摄海鸟的照片，现在他需要一个新胶卷带去幽暗岛。

第二天，他们焦急地等待着乔的离开。乔的动作慢得令人恼怒。他终于启动了汽车，将车从几乎倒塌的棚屋中开出来。"喂，你们这些孩子，可别在我离开的时候捣蛋。"他说着，用锐利的目光狐疑地看着他们。也许他感觉到，孩子们希望他离开是另有企图。

"我们从不捣蛋。"菲利普说，"祝你逛得愉快——不用着急回来。你不在我们会很开心。"

乔皱起眉头，把脚踩在油门上，以他一贯快得吓人的速度疾驶而去。"真想不通这辆老爷车怎么能够经得住这样的颠簸。"菲利普看着乔的车穿过悬崖，消失在另一边的公路上，"嗯，他总算是走了。喂，现在怎么样？我们的机会来了。"

孩子们十分兴奋地跑向海滩，来到大船停靠的地方。两个男孩先上了船。黛娜解开绳索，推了一下船。

"你们照顾好自己。"露西安有些焦虑地喊道，她内心很渴望和他们一起上船，"照顾好自己。"

"好的！"杰克喊道。琪琪重复着他的话："好的！好的！关上门，把你的脚擦干净！"

女孩们看着男孩们奋力地划着桨，看着他们一出海就扬起了风帆。风力很足，不久他们就以很快的速度向前航行了。

"去幽暗岛咯。"露西安说，"嗯，我希望杰克能把大海雀带回来。"

"他带不回来的。"黛娜说道，常识告诉她说，如果他能带回一只大海雀，那可真会是个奇迹，"嗯，我希望，他们能够找到那个可怕的礁石圈的入口。他们把船开得还挺好的，对不对？"

"是啊。"露西安回答说，她的眼神牢牢地追随在船的后面。因为水上的雾气，她现在已经很难看清楚了。而幽暗岛则根本看不到，"哦，老天哪，我真希望他们能一切顺利。"

男孩们此时却很开心。他们发现，虽然乔的船比比尔的更笨重，更难以操作，但对他们来说，并没有那么困难。风力足以让他们在水上急速航行。感受着船体的上下颠簸，听着风吹动拉紧的船帆的声音，看到波涛汹涌的海浪，他们兴奋不已。

"没有什么东西能比得上一艘船。"杰克高兴地说，"总有一天，我也会拥有一艘属于自己的船。"

"那得花很多钱呢。"菲利普说。

"嗯，那么，我会赚很多钱的。"杰克说，"我会自己买一艘装备精良的船，然后远航到那些除了鸟之外什么都没有的岛屿，那该多美妙啊！"

"我希望我们能看到幽暗岛。"菲利普说，"那雾气干扰了我们的视线。希望我们行驶在正确的方向上。"

他们还没看到幽暗岛，就听到了汹涌的海浪撞击在岛屿四周的礁石圈上发出的雷鸣般的声音。似乎过去了很长一段时间，突然间，幽暗岛隐约地浮现在他们眼前。两个男孩感觉到海浪撞碎在礁石上所溅起的浪花正零星地落在他们身边。

"当心——我们要直接撞到礁石圈了！"菲利普惊恐地喊道，"放下帆。我们必须划船了。我们无法在这么大的风里操作这艘船。船的速度太快了。"

他们落下了船帆，拿出船桨，开始划船。杰克试图寻找那座高山。但要想在现实中认出那座山，要比在地图上认出它困难得多。这些山看起来似乎都差不多高。男孩们绕着礁石圈划船，与冲向岛屿的激流保持着一段距离。

"那有一座高山——就在左边。"杰克突然说，"往那划，'草丛头'。这就对了。我相信，那就是我们想找的那座山。"

他们用力划着桨，已经气喘吁吁，满身是汗了。就在那座山映入眼帘的时候，男孩们高兴地发现礁石圈中有一条缝隙，确实是一条狭窄的缝隙，不过让一艘船通过是没有问题的。

"现在得小心点儿。"菲利普发出了警告，"这里会有些麻烦。当心！我们可能会偏离航线，撞上礁石。无论如何，虽然那里没有显示有礁石的存在，但在水下可能会有礁石，撕裂我们的船底。小心点儿，'小雀斑'，小心点儿！"

杰克非常小心。一切都取决于是否能够安全地通过那条缝隙。小伙子们脸上的神情紧张担忧，他们小心谨慎地划着桨。琪琪一句话都没有说。她知道男孩们的心此刻都揪着呢。

这个缝隙，或者说是通道，又长又狭窄。让船顺利通过是个让人把心提到嗓子眼儿的活儿。各种强大的水流开始全力把船一会儿冲到这边，一会儿冲到那边。男孩们甚至感觉到船底被离水面不远的礁石刮擦了一下。

"太险了。"菲利普低声说道，"你听到那个讨厌的刮擦声了吗？"

"我也感觉到了。"杰克说，"我们现在好像没问题了。我说，这真是太奇妙了！'草丛头'，我们正处在一段完全平静的水道！"

礁石圈里面是一条碧蓝的水道或者说深沟。在夏日阳光的照耀下，平静的水面闪闪发光。他们在经历了奔腾在岩石间的湍急波涛之后，看到如此平静的水面还觉得有些奇怪。他们仍然可以听到海浪发出的轰鸣声。

"现在离岛不远了。"菲利普兴奋地说,"加油,我是累坏了,至少我的胳膊是累坏了。但是,我们必须上岸。我已经迫不及待地想去探险了。"

他们找到了一个绝佳的登陆地点。幽暗岛遍地都是岩石,但是有个地方有一个小海湾,那里的沙子闪闪发光。男孩们决定在那里登陆。

尽管登陆和把船拉上海滩是很简单的事情,但两个男孩耗尽了全部的力气也才将船往沙滩上拖动了一点距离。好在比尔向他们传授了拖船的诀窍,他们很快就准备好了,开始探索这个荒岛。

他们爬上小海湾后面嶙峋的悬崖,凝视着幽暗岛的另一面。

首先引起男孩注意的,是鸟的数量。这里有成千上万只,各种各样、大小不一、体形各异的鸟。它们的叫声震耳欲聋,也几乎都没有注意站在那儿惊奇地望着它们的男孩。

但是它们并不像男孩们所期望的那样温驯。男孩们一靠近,站在地上的鸟儿就飞走了。它们似乎和陡峭山庄上的鸟一样充满野性。杰克很失望。

"有意思!"他说,"我一直以为,在一个没有人的荒岛上,鸟儿应该是非常温驯的。总之我读到的书上都是这样说的。但这些鸟野性十足,完全不让我们靠得很近。"

这岛上只能看到几棵树,全都长在有遮蔽的地方。当风吹过岛屿的时候,树就被吹得向另一边弯曲。脚下是一种硬直的草，东一块西一块零星地生长着。不过这种草也不是到处都有的，许多地方仍然是突起的光秃秃的岩石。

男孩们离开了悬崖，向岛屿的深处走去，成千上万的鸟儿在他们耳边呼喊着。他们朝着岛中央耸立的那座山走去。

"我想看看，那些我用望远镜看到的有趣的建筑是什么。"杰克说着，记起了什么，"哦，天哪，我真想找到一只大海雀。不过我还没有看到一点它的踪影。我要一直找啊找。"

可怜的杰克正处于一种兴奋的状态，他期待着随时能见到一只大海雀，可是他看到的各种鸟类，都是他早已在陡峭山庄看到过的。这真是令人失望。他没有奢望会看到一群大海雀，只要能看到一只就很好了。

岛上有很多刀嘴海雀，它们有着形状怪异的喙，还有大量的贼鸥、海鸥、鸬鹚和其他鸟类。这里真是海鸟的天堂，杰克对它们的数量惊叹不已。他是多么想在这个岛上待几天，观鸟，拍很多照片！

他们来到山脚下，发现了几座山之间有一条小路。这里的草更多，还有许多海石竹和其他野花，山坡上生长着一两棵矮小的桦树。

山间有一个小山谷，里面有一条小溪，从岛的另一侧流向大海。男孩们过去看了看这条小溪，因为它的颜色看上去很奇怪。

确实是一种奇怪的颜色。"像是一种鲜艳的蓝绿色。"杰克疑惑地说，"我想知道这是为什么。我说，你快看！那些奇特的

他们来到山脚下，发现了几座山之间有一条小路。这里的草更多，还有许多海石竹和其他野花，山坡上生长着一两棵矮小的桦树。

建筑就在那座山上。你注意到了吗？'草丛头'，这里的岩石怎么改变了颜色。它们不再是黑色的，而是有点偏绿。其中有些看起来像花岗岩。这真是奇特，不是吗？"

"我不大喜欢这个岛。"菲利普有些不寒而栗，"它那么偏僻，那么奇怪，还有点不祥的感觉。"

"你是听乔的故事听太多了吧。"杰克尽管也不喜欢这个岛，但他还是笑着说。这里是如此凄凉和荒僻，盘旋在他们头顶的海鸟不断发出的呼喊，是他们现在唯一能听到的声音。

他们爬上一座山的半山腰去看那些"建筑物"。很难弄清楚它们曾经是什么，它们是如此古老而残破，现在就是一堆堆石块。这些建筑看起来不像是能住人的地方。

这时，菲利普在这些"建筑物"的附近发现了一些奇特的东西。他兴奋地对杰克喊：

"啊呀！快来看看这儿！有一个很大的洞，一直深入到地下——太深啦！"

杰克跑到洞的旁边，往下看。这是一个周长大约六英尺的大洞，一直深入地下，男孩们望不到它的底部。

"这是干什么用的？"菲利普说，"你觉得这是一口井吗？"

男孩们扔了一块石头下去，试着能不能听到水声。但是什么声音都没有。这个洞要么不是井，要么就是深得都听不到水声。

"我可不想跌进这个洞。"菲利普说，"你看！那里有个下去的梯子，又旧又破，但起码是个梯子。"

"这可真是个谜。"杰克迷惑地说，"我们先去四周看看，也许能找到一些能帮助我们解答疑惑的东西。在这样一个荒凉的小岛上，竟然有个深入地底的井梯！这究竟是干什么用的？"

第17章
乔发怒了

令男孩们惊喜的是，他们在那些古怪破旧的"老建筑"附近又发现了更多的深邃而狭窄的洞。"它们不可能是井。"杰克说，"不可能。没有人会需要这么多井。他们一定是井梯，因为某种原因，挖到了地下很深的地方。"

"你认为这里面有矿藏？"菲利普问道，他记起煤矿中总有地下井梯，便于人们下井挖煤，"你认为这里有古老的矿藏吗？例如煤矿？"

"不，不是煤矿。"杰克说，"我想象不出来是什么。我们必须得想想办法。我觉得你姨父会知道。如果这是一个金矿的话，那多么令人兴奋啊！这谁都说不准呢。"

"嗯，一定在几百年前就已经开采完了。"菲利普说，"现在不可能还有黄金了，不然的话，它应该还在使用中。喂，我们下去吧，看看有什么东西。"

"我不确定，"杰克疑惑地说，"这些老梯子不怎么牢固了吧？我们可能会摔下去几百英尺，我们会没命的。"

"太可惜了，太可惜了！"琪琪评论道。

幽暗岛的灯光

"是的，这真的是太可惜了。"菲利普咧着嘴笑道，"嗯，也许不下去是对的。杰克！这儿又有一架井梯——一架更大的。"

男孩们往下望着这个大矿洞。这个矿洞里的梯子，比其他的好得多。他们大着胆子，往下爬了几步。他们很快又爬了上来，因为他们不喜欢那种黑暗和密闭的感觉。

然后，他们又有了一个比发现矿井更令人惊奇的发现。在不远处，突出的岩石之下堆着一些空的肉罐头和水果罐头。

这真是一个非同寻常的发现，男孩们几乎不敢相信他们的眼睛。他们站在那里看着空罐子，目瞪口呆。琪琪飞下来检查这些空罐头，看看里面还有没有剩下可以吃的东西。

"你觉得这些是从哪里来的？"杰克终于开口了，"这事可太奇怪了！有些罐头都锈迹斑斑了，而有的看起来还很新。谁会到这个岛上来呢？他们为什么来？他们又住在哪里呢？"

"这真是一个谜。"菲利普说，"我们既然都在这里了，就四周转转，看看能不能找到其他人。我们最好谨慎行事，因为很显然，住在这里的人不希望被人发现。"

男孩们小心地查看了整座岛上，但是什么也没发现，没有人能够解释这堆空罐子的谜团。他们琢磨着岛屿南边的绿色岩石，再次对在那里流入海的溪流呈绿色感到疑惑。海鸟的数量在靠海的那一侧更多。杰克一直密切地注视着有没有大海雀。但他一只都没有看到，这真令人失望。

"你不打算拍点照片吗？"菲利普问道，"你说过要拍的。快点，因为我们不能待太久了。"

146

"好的，我会拍几张。"杰克说，他躲在附近的一块岩石后面，抓拍到了几只幼鸟。过了一会儿，他只剩下一卷胶卷了，一个念头突然攫住了他。

"我要给这堆罐头盒子拍个照。"他说，"我们把这样奇怪的事情告诉女孩们，她们可能不会相信。但是如果我们给她们看这张照片的话，她们肯定会相信的。"

于是，他给那堆罐头盒子也拍了一张照片，最后看了一眼那个巨大的无声无息的矿井，然后就回到了船上。船静静地躺在离海水还有一段距离的地方。

"嗯，希望我们回家的时候能像来的时候那样顺利。"杰克说，"我想知道乔是不是回来了。如果他已经回来了，希望老天保佑女孩们能想到应付他的方法。"

他们把船拖到水中，坐进船里。他们沿着平静的深沟，划到了礁石之间的出口。海浪拍打着两边的礁石，溅起的水花冲到了高空。他们设法避开了曾经刮过船底的石头，很容易地从通道中划了出来。

但是刚出来，他们就遇到了一些麻烦，海面波涛汹涌，风力也起了一点变化，大海没有来时那样平静了。他们升起船帆，十分镇定地驾船踏上归途。风吹在脸上，海水打在脸上，都令他感觉无比欣喜。

航行了很长一段时间后，他们终于靠了岸。他们看到两个女孩已经在那里等着他们，便向她们挥了挥手。黛娜和露西安也向他们挥了挥手。船不久就滑行到了停泊处，男孩们跳下船，把它拴好。

"你找到大海雀了吗?"露西安喊道。

"乔回来了吗?"菲利普问道。

"你们去了好久啊。"黛娜说,有些迫不及待地要听他们把一切都告诉自己。

"我们经历了一次很棒的冒险。"菲利普说,"乔回来了吗?"

这些问题都是他们在同一时间脱口而出的。其中最重要的一个就是:乔回来了吗?

"回来了,"黛娜笑着说,"他大约一个小时前回来了。我们一直留意着他。幸运的是,他从车上拿了一些盒子,径直去了地窖,我们跟在他后面。他打开里面的那扇门,带着盒子走进了后面的那个地窖,就是那个有个活门的地窖。我们记得你放活门钥匙的地方,就拿钥匙把乔锁在了里面。他就在那一直砰砰地砸门呢。"

"你们干得太棒了!"男孩们高兴地说,"这样他就不会知道我们坐他的船出去过了。但是我们现在怎么放他出去,又不让他知道是我们把他锁在里面的呢?"

"这就交给你们了。"黛娜说。男孩们向房子走去,绞尽脑汁地想着该怎么办。

终于,菲利普说道:"我们最好静悄悄地溜下去,在乔休息的时候,把门打开。他不可能一直在砸门。他一停下来休息,我就会悄悄地把钥匙插进锁里,把门打开。然后,我再悄悄溜上楼。下次他再试着砸门的时候,门就会打开,但他不知道为什么会打开。"

"好!"其他人高兴地说。这似乎是一种简单易行的方法，可以把乔放出来，又不会让乔怀疑到他们身上。

菲利普拿着钥匙走进地窖，大气儿都不敢喘。他刚下去，就听到乔在砸门。男孩一直等到乔停下来喘气的时候，才把钥匙悄悄地推进锁里。他听到乔的咳嗽声，就趁机转了一下钥匙，然后再把它收回来。锁已经打开了，现在乔想什么时候出来都可以。菲利普穿过地窖，跑上台阶，走进厨房，回到了其他伙伴的身边。

"他一会儿就会出来了。"菲利普气喘吁吁，"我们快点到悬崖上去，一看到乔就回家，假装我们刚刚散步回来。这肯定又会让他摸不着头脑。"

于是，他们都跑到悬崖上，躺在悬崖顶，偷偷观察乔什么时候出现。男孩们向女孩们低声描述着他们在幽暗岛上的发现。

两个女孩惊讶地听着。地上的深洞，一条蓝绿色的小溪，一堆食物罐头，真是太奇特了！没有人预料到会发现这样的东西。他们原本是要去看鸟的。

"我们必须再去一次，看看那些井梯是通向哪里。"杰克说，"这样我们就能弄清楚那里曾经有过什么矿藏。也许你的乔斯林姨父会知道，黛娜。"

"是的，他可能知道。"黛娜说，"天哪，我真希望，我们能拿到他提过的但没找到的那张岛屿的旧地图。它可能会标注出很多有趣的东西，对吗？"

　　琪琪突然发出一声像特快列车发出的尖叫，这意味着她已经看到了她的死敌乔。孩子们看到他在下面四处张望，显然是在找他们。他们急忙站起来，得意扬扬地走到回屋的小路上。

　　乔看到他们，满脸怒气地走到他们面前。"你们把我锁起来了。"他说，"我会向波莉小姐告状的。你们应该被狠狠地揍一顿。"

　　"把你锁起来！"菲利普说着，脸上露出惊讶的神色，"我们把你锁在哪儿了？在你的房间？"

　　"在地窖里。"乔恼羞成怒，"波莉小姐来了。我要揭发你们。波莉小姐，这些孩子刚才把我锁在地窖里了。"

　　"不要说胡话了。"波莉姨妈说，"你知道地窖的门是没有锁的。孩子们一直在外面散步——他们刚回到家里呢。你怎么能说是他们把你锁在里面了？你一定是疯了。"

　　"就是他们把我锁在里面的。"乔脸色阴沉，他突然想起最里面的地窖是自己的秘密基地。他最好不要多谈，不然波莉姨妈要是走下去，就会发现他那扇精心遮掩的门。

　　"波莉姨妈，我没有把他锁在里面。"菲利普认真地说，"整个早晨，我都待在外面。"

　　"我也是。"杰克诚恳地说。波莉姨妈相信了他们说的话。她知道这四个孩子总是在一起，两个女孩应该也和他们是一块儿的。所以他们怎么可能捉弄乔呢？波莉姨妈想，再说地窖的门是没有锁的，所以乔到底是什么意思？他一定是犯糊涂了。

　　"去干你的活儿吧，乔。"她严厉地说，"你似乎总是跟这些小孩子过不去，指责他们做了这个、做了那个。你以后离他们远点。他们都是好孩子。"

乔可不是这么想的。他又习惯性地皱起了眉头，生气地哼了一声，回厨房去了。他的声音马上被琪琪完美地模仿了。

"不要在意他。"波莉姨妈说，"我觉得他有点疯疯癫癫，脾气很坏，但是他不会伤害你们的。"

孩子们回到屋里，互相挤了挤眼睛。波莉姨妈站在他们这边，真是太好了。不过，乔对他们的怨恨越来越深。他们必须小心行事。

"有意思。"杰克心想，"波莉姨妈说乔不会伤害别人，比尔·斯莫格斯说他是个危险的人。他们其中一定有一个是大错特错的。"

第18章
再探幽暗岛

接下来应该做什么？他们应该告诉比尔·斯莫格斯他们的历险吗？他会不会因为他们违背诺言而生气呢？尽管驾驶别人的船去岛上不算真正的违背诺言。孩子们觉得他可能会很生气。因为他很重视荣誉、承诺和诚信。

"嗯，我们去了幽暗岛。"杰克说，"但我并没有违背我的承诺。我并没有。我只是找到了一个方法绕过它。"

"嗯，你知道大人是什么样的。"黛娜说，"他们不会像我们这样思考。我想我们长大后，就会像他们那样思考了。但愿我们能记住小孩思考的方式，当我们长大的时候，能够理解成长中的男孩和女孩。"

"你已经像一个大人一样说话了。"菲利普厌恶地说道，"你还是别说了。"

"别那样跟我说话。"黛娜十分生气，"你这样还不是因为我说的有道理。"

"闭嘴。"菲利普说着，挨了黛娜一记耳光。他也给了黛娜一耳光，声音就像是手枪的射击声。黛娜尖叫起来。

"大坏蛋!"她说道,"你知道男生不应该打女生。"

"我可不会打像露西安那样的好女孩。"菲利普说,"但是你的脾气太糟了,简直是一点就着。你现在该知道了,如果你给我一个耳光,你就会得到一个巴掌。你就是活该。"

"杰克,告诉他,他就是个坏蛋。"黛娜说。杰克忍不住给黛娜提了点意见。

"你不应该动手的。"他对她说,"你不应该随便扇人耳光,现在你应该知道,菲利普是不会忍气吞声的。"

露西安看起来很忧虑,她讨厌这对兄妹之间的纷争。菲利普把手伸进口袋里,掏出一个盒子,里面有一只放了好几天的异常温驯的甲虫。黛娜知道他打算打开箱子,把甲虫放到她面前。她尖叫着冲出了房间。

菲利普把盒子放回口袋里,让这只体形巨大的甲虫在桌子上跑来跑去。每当他伸出手指的时候,这只甲虫就高兴地跑过去。所有的生物都喜欢菲利普,这真是太神奇了。

"你不应该把它放在一个盒子里的。"露西安说,"我非常确定这只甲虫讨厌这个盒子。"

"嗯,那你看好了。"菲利普说着把盒子放在桌子上。他打开盒子,拿出甲虫,把它放在大桌子的另一端。他把盒子盖子打开一条缝隙,放在桌子的中间。甲虫彻底地探索了桌子的边边角角后,爬向了盒子,它检查了一下盒子,然后爬了进去,安安静静地待在里面。

"看到了吧!"菲利普说着关上盖子,把它放回口袋里,"如果这甲虫厌恶这个盒子，它就不会不顾一切地回到盒子里了，对吧？"

"那一定是因为它喜欢和你在一起。"露西安说，"大多数甲虫都会讨厌盒子的。"

"菲利普是一切生物的朋友。"杰克笑着说，"我相信他都可以训练跳蚤，成立一个跳蚤马戏团。"

"我可不喜欢这样。"露西安说，她似乎被恶心到了，"哦，天哪，我想知道黛娜去了哪里。我希望你们不要再这样争吵了。我们得好好讨论接下来要做的事情了。"

黛娜愤怒地离开了房间，她的脸还因为菲利普还的那个巴掌而刺痛着。她走在那条通往她姨父房间的通道上，想着要怎么报复她哥哥。突然间，她姨父的书房门打开了，他往外张望了一下。

"哦，黛娜，是你吗？这儿的墨水瓶空了。"他暴躁地说，"为什么没有人把它灌满呢？"

"我去给您拿墨水。"黛娜说。然后她就去姨妈的橱柜里拿了墨水，到书房里灌满了她姨父的墨水瓶。就在她转身要走的时候，她注意到附近椅子上有一张地图。正是她姨父之前找不到的那个放大版的幽暗岛地图。这个小女孩饶有兴趣地看着它。

"哦，姨父，这就是您和我们说过的地图吧。姨父，请告诉我岛上以前有什么矿藏吗？"

"呃，你是从哪里听说这个的？"她姨父惊讶地说，"那是陈年往事了。是的，那里几百年前曾经有些矿。铜矿——还是富矿呢。但是很久以前就被开采完了。现在那里没有铜了。"

黛娜专心地看着地图。让她高兴的是，它标出了那些深入地下的矿井在什么位置。男孩们一定很想看看这张地图！

她的姨父转身继续他的工作，忘记了黛娜的存在。她拿起地图，悄悄地溜出房间。菲利普有了地图该多么高兴啊！

她已经忘记了所有的愤怒。这是黛娜性格最好的一部分：她从不记仇，她的怒气来得快，去得也快。她顺着走廊跑回自己刚刚把其他人撇下的房间。她猛地推开门，闯了进来。

其他人都惊讶地看着她兴奋的笑脸。露西安永远无法跟上黛娜的情绪变化。菲利普疑惑地看着她，没有笑。

黛娜想起了刚才的争吵。"哦，"她说，"我打你耳光，是我错了，菲利普。看这个，我拿到那张幽暗岛的老地图了。你觉得怎么样？乔斯林姨父告诉我，那里曾经有一些铜矿，储量丰富，但现在早就开采完了。所以那些矿井肯定曾经是通往铜矿的。"

"太棒了！"菲利普说，他从黛娜手中拿过地图，把它展开，"多么棒的地图！哦，黛娜，你太聪明了！"

他拥抱了妹妹，黛娜顿时喜形于色。她虽然经常和哥哥吵架，但她还是很喜欢从他那里得到一句表扬。四个孩子都俯身看着地图。

"礁石之间显然有个缝隙。"黛娜说，男孩们点点头。

"它一直就在那里。"杰克说，"我想这是老矿工们用来往返岛上的唯一途径。想想他们用船把食物运到岛上，再把铜运回来，那可真是惊心动魄！天哪，我想下去看看那些矿是什么样的。"

"你看，所有的旧矿井都被标记出来了，"菲利普用手指着它们说，"那就是我们在附近找到食物罐头盒子的那个矿井，'小雀斑'，你看！这个是溪流。现在我知道它为什么是绿色的。我敢打赌，它是被山丘上残留的铜染上了颜色。"

"嗯，也许那里还有铜呢。"黛娜兴奋地说，"铜块！哦，我希望我们能找到一些。"

"铜是在矿脉中发现的。"菲利普说，"但我认为它有完整的，也有一块块的。它们也许很值钱。我说，就是为了好玩，再去一次海岛，下到矿里去逛逛，四处搜寻一下。谁知道呢，我们也许会发现铜块。"

"不会有的。"杰克说，"如果还有铜能开采的话，没有人会离开这个矿的。它已经被遗弃好几百年了。"

"地图背面粘了个东西。"露西安突然说道。孩子们把地图翻过来，看到有一张较小的地图被系在这张大地图的后面。他们把它展开来看。起初，他们都摸不着头脑，然后，菲利普发出了一声惊叹。

"当然了！这是一张海岛的地下地图。看这些通道和坑道，还有用来排水的渠道。天哪，这些矿有部分是在海平面以下。"

这张画着海岛下面迷宫般隧道的地图，看着真是让人感到奇怪。有一片广阔的地区显然已经被开采过了，其中一部分是在海平面以下。

"这一部分就在海床底下。"杰克说,"在那里工作是多么奇特啊,特别是当知道你头顶上方的岩石顶上面就是大海!"

"我可不喜欢这个。"露西安颤抖着说,"我担心海水会冲进来把我工作的地方给淹没了。"

"看这里,我们必须再回岛上一次。"菲利普兴奋地说,"你们知道我在想些什么吗?我认为现在仍然有人在这些矿里工作。"

"你为什么这么想?"黛娜说。

"哦,那些食品罐头。"菲利普说,"有人在那里吃罐头食品。我们到处都没有看到他们,对吗?所以他们一定是在矿井里工作。我敢打赌,这就是这个谜团的答案。"

"咱们明天去看看比尔吧,把这一切都告诉他,再把这张地图给他看看。"黛娜兴奋地说,"他会告诉我们该怎么做。我可不想就我们几个自己去那些矿里。我想比尔能和我们一起去。"

"不,"杰克突然说道,"我们不能告诉比尔。"

其他人惊讶地看着他。

"为什么不能呢?"黛娜问道。

"因为我突然想到了一个主意。"杰克说,"我觉得在矿井里工作的可能是比尔的一个朋友或者一群朋友。我认为比尔来到这里,是想离他们近一些,给他们送吃的,还有其他东西。我敢打赌他的船就是用来做这个的。我觉得这应该是个秘密。如果我们知道了他的秘密,他不会高兴的。他可能就不会再让我们驾驶他的船出海了。"

"但是，杰克——你太夸张了。比尔只是来度假，"菲利普说，"他是来观鸟的呢。"

"他并没有真正地在观鸟。"杰克说，"虽然他会认真地听我兴致勃勃地谈论鸟，但他自己从不说什么关于鸟的东西，不像我，一有机会就谈论鸟。我们不知道他的工作到底是什么。他从来没有告诉过我们。我敢打赌，他和他的朋友都想在岛上开采铜矿。我不知道那些矿是属于谁的，但是我猜想，如果矿里还有铜的话，那些发现铜的人会保守这个秘密，以便自己挖些上好的铜块。"

杰克气喘吁吁地停顿了一下，琪琪嘟哝着一个她刚听到的新词。

"铜，铜，铜。开采铜，铜，铜。"

"她真聪明，不是吗?"露西安说。但没有人关注琪琪。他们现在讨论的事情太重要了，不能被一只鹦鹉所打断。

"我们直接去问比尔·斯莫格斯吧。"黛娜提出了建议，她喜欢把事情弄清楚，不喜欢那些无法解决的谜团。

"别犯傻了。"菲利普说，"杰克已经告诉过你，为什么最好不要让比尔发现我们知道了他的秘密。也许有一天他会自己告诉我们——那时他知道我们早就猜到了，一定会大吃一惊!"

"我们很快会驾驶乔的船再去岛上。"杰克说，"我们会下到那个大矿井里探索一下。这样很快就会知道，是不是有人在那里。我们要带着这张地图，这样就不会迷路了。地图上非常清楚地标出了地下通道和坑道的位置。"

谈论这些秘密真是让人兴奋啊。他们什么时候能再去岛上呢？这次他们会带女孩去吗？

"嗯，我想我们这次会做得更好。"菲利普说，"上次当我们通过礁石圈的缝隙之后，就发现没有什么危险了。我很确定我们下次能很容易地上岛。我们应该带着她们。"

黛娜和露西安很激动。她们渴望着立刻就能有一个机会到岛上去，但乔离开陡峭山庄的时间不够他们开走他的船。不过，乔自己驾船出了两三次海。

"你是要去钓鱼吗？"菲利普问乔，"为什么不带上我们？"

"我可不想被你们这样的孩子打扰。"乔不悦地说道，坐着他的船出发了。他航行得很远，消失在了仿佛总是缭绕在西面地平线上的雾气中。

"在我们看来，他可能是去了那个岛。"杰克说，"他就这么消失了。我希望他今晚能带回一些鱼当晚饭。"

他的确捕了一些鱼回来。下午茶后，他的船就满载而归了，孩子们帮他把捕到的鱼运了回去。"你原来可以带着我们去的，你这个小气鬼。"黛娜说，"我们也会钓鱼的。"

第二天，孩子们高兴地发现乔又去镇上了，波莉姨妈说："今天他休息。你们得干一些他的活儿。男孩子去打今天要用的水。"

两个男孩跑到井边，把沉重的水桶放了下去，松开链条，直到水桶到达水面。杰克在井边俯视着。

"这就像幽暗岛上的那些矿井一样。"他说，"摇上来，摇上来，'草丛头'！开始吧！"

孩子们匆匆忙忙地完成了波莉姨妈交给他们的所有任务。然后，他们确定了乔的汽车不在车库里，便请求波莉姨妈让他们去野餐。他们带着吃的跑到了乔的船上。

他们解开绳索，把船推了下去，两个男孩努力地划着船。他们一到开阔的海面，就扬起船帆。黛娜高兴地说："我们去幽暗岛咯。天哪，我真高兴这次能和你们一起来，杰克。上一次你们丢下我们，真是讨厌。"

"你们带手电筒了吗？"菲利普问露西安。她点了点头："带了。手电筒和午饭一起放在那边。"

"我们下矿井的时候会需要它们。"菲利普说。下到这些很老旧的矿井里可真是一次冒险啊。有人可能在那里偷偷寻找铜矿。菲利普激动地颤抖着。

四个孩子熟练地驾驶着帆船，度过了一段很美好的时光。似乎过了很久，这座岛屿才从平时的阴霾中隐约浮现。

"听到海浪撞击在岩石上的声音了吗？"杰克问。两个女孩都点点头。这是最危险的那个部分。她们希望两个男孩能够像上次那样轻松地找到礁石中间的缝隙，安全地进去。

"就是那座大山。"杰克忽然说，"女孩们，把帆放下来吧。好的——慢慢来。小心那根绳子，露西安。不，不是那根，这根才对。"

船帆被放了下来。男孩们拿起船桨，开始谨慎地向礁石圈的那道缝隙划去。他们知道它的位置。他们划了进去，留意着那块接近海面的礁石，以便于避开它。它确实轻轻地刮擦了一下船底，露西安显得很害怕。但是很快他们就来到了海岸和礁石圈之间的那片波光粼粼的平静水面。

露西安松了一口气。刚才因为晕船和恐惧，她的脸色变得很苍白。但是当看到离岛屿已经很近的时候，她就迅速地恢复了精神。

他们安全地登陆，把船拖上了岸。"现在我们出发去那座山吧。"杰克说，"哎呀，看那成千上万的鸟呀！我从来没有见过这么多鸟。如果我能看到大海雀就好了！"

"也许我能帮你找到一只。"露西安真心希望她能找到一只，"菲利普，那条泛绿的小溪和那堆罐头盒子在哪里呢？在这附近吗？"

"你很快就能看见了。"菲利普径直向前走着，"等我们过了山间的那条小小的通道，你就能看到了。"

他们很快就看到了被铜染成蓝绿色的小溪，在山丘间的谷地里流淌。杰克停顿了一下，喘了口气："稍等一下。那个大井梯到底在哪里啊？"

这时，女孩们已经对地上的洞惊叹不已，洞的附近就是那些破败不堪的建筑。"那个一定是井梯的顶端。"杰克若有所思道，"嗯，那堆罐头盒子到哪里去了？之前就放在这附近的某个地方的。哦，女孩们，这就是那个矿井！"

每个人都匆匆赶来这个大圆洞，往下看。毫无疑问，通向地下的梯子的状况非常好。"这就是那些人正在使用的井梯。"

菲利普说，"这是唯一一架安全的梯子。"

"别大声说话。"杰克低声地说，"你也不知道声音会不会传到下面去。"

"你和我们提起过的那些罐头在哪里？"露西安说道。

"就在那块石头旁边。"菲利普用手指着说，"如果你们想的话，我们就过去看看吧。"

他打开手电筒，照着井梯，但还是什么都看不清。这里面似乎十分凶险。下面到底是什么样的？下面真的有人吗？孩子们可一定不能被大人发现，因为当孩子多管闲事的时候，大人们总是会生气。

"杰克，我找不到那些罐头了。"露西安说。菲利普不耐烦地哼了一声。他大步走过去，打算把那堆罐头盒子指给她们看。

然而，他惊讶地停了下来。岩石下方是空的。那里什么也没有。那些罐头盒子已经被人拿走了。

"杰克，你看那儿。"菲利普说，已经忘了说话要小声点，"所有罐头盒子都不见了。是谁拿走了它们？嗯，这就说明这个岛上有人。自从我们上次来的时候起这里就一直有人。我说，这可真刺激！"

第19章
下　矿

露西安恐惧地环顾四周，仿佛害怕有人躲在岩石后面。

"我可不希望这里有我们完全不了解的人。"她说。

"别傻了。"杰克说，"他们在下面的矿井里。我们现在要不要沿着井梯下去，看看我们能发现什么？"

女孩们不愿意下去，但是露西安觉得留在地面上比和男孩们一起下去更糟糕。于是，她说她愿意去，而黛娜不想一个人留下，立刻说她也愿意去。

菲利普把地下铜矿的地图铺在地上，他们都跪下来研究它。"看，这个矿井正好位于通道和坑道组成的迷宫的中心。"菲利普说，"我们要走这个通道吗？这好像是一条主要的通道，直达在海平面以下作业的铜矿深处。"

"哦，不，我们别去那里。"露西安惊恐地说。但其他三人都赞同去，于是这件事就这么决定了。

"嗯，琪琪，如果你和我们一起去的话，就不能发出噪音。"杰克警告道，"不然，如果我们到了那些矿工的附近，他们听到你的声音，我们就会被发现。知道了吗？"

"叽里呱啦……"琪琪认真地挠了挠她的头,严肃地说。

"你这个傻鸟。"杰克说,"嗯,记住我刚才和你说的,你不许喊也别闹。"

他们走到矿井的顶端,往下看了看,神情都有些凝重。冒险总是令人兴奋的,但不知道为什么,突然之间,这次冒险似乎变得有些可怕。

"走吧。"菲利普说着,开始顺着梯子往下爬,"即使我们被发现,也没有什么的。毕竟,我们第一次来这个岛的时候,只是想看看我们能不能找到一只大海雀。即使我们被抓住了,我们也可以说我们会保守秘密的。如果这些人是比尔·斯莫格斯的朋友,那他们一定是正经人。我们可以告诉他们,我们是比尔的朋友。"

于是,他们都开始顺着这长长的井梯往下爬。在孩子们爬到中途的时候,他们真希望自己没有下来。他们没有想到,要爬这么远,就像是要爬到地心去一样。他们在黑暗中不断地向下,向下,向下,只靠着手电筒的光照亮。

"女孩们,你们还好吗?"菲利普有些焦急地问道,"我觉得,我们现在一定接近井底了。"

"我的胳膊真是累坏了。"可怜的露西安说。她不像其他人那样强壮。黛娜像男孩子一样大胆

而强壮，但露西安不是。

"我们停下来休息一下吧。天哪，琪琪在我肩上好重。我觉得可能是因为我的胳膊一直扶着梯子，所以特别累。"

他们休息了一下，然后继续往下爬。这时，菲利普低声发出一声惊呼。

"我说！我到井底了！"

谢天谢地，其他人也很快下到了底部。露西安一下子坐在了地上，因为她的膝盖和手臂都很酸痛。菲利普用他的手电筒照了一下四周。

他们正身处一个相当宽敞的通道里。墙壁和天花板都是石头做的，在手电筒的照射下闪着如铜的光泽。这条主通道有很多分支坑道和较小的通道。

"我们就按刚才说的那样，继续留在这条主通道上，这似乎是矿井的一条主干道。"菲利普说。

杰克用他的手电筒，照了照一条较小的通道。"你们看！"他说，"这通道的顶部已经塌陷了。即使我们想走这条较小的通道，也是行不通的。"

"天哪，我真希望它不会砸到我们头上。"露西安惊恐地望着那个通道的顶部说。顶部只有少数地方有粗大的原木支撑，大部分只有坚硬的岩石。

"走吧，我们现在已经挺安全的了。"杰克不耐烦地说，"我说——在地下几百英尺，像这些山一样古老的铜矿里，不是件很令人兴奋的事情吗！"

"有意思的是，这里的空气还很好，是不是？"黛娜说道，她想起了陡峭山庄秘密通道里那股发霉的味道。

"这些矿里必然有良好的通风方式。"菲利普说。他试图回忆起煤矿的通风系统是如何运作的。这是人们开始在地下采矿时，首先要考虑的问题。他们需要让空气通过他们建造的隧道，通过渠道排水，防止它们聚集起来淹没矿井。

"我讨厌在矿井里工作。"露西安颤抖着说，"菲利普，我们现在在海底下吗？"

"还没有。"菲利普说，"我觉得大约还有一半路程吧。看，这里基本已经被挖空了——好大的一个洞穴！"

通道突然开阔起来，伸展到一个巨大的洞穴。洞穴中的很多迹象表明有人曾经在这里开采过矿。工具开采的痕迹在岩石上随处可见。杰克惊喜地叫了一声，向一个角落奔去，捡起一个似乎是青铜制成的小小的锤子头。

"看，"他自豪地对其他人说，"这肯定是一个古代矿工用坏的工具的一部分，它的材料是由铜和锡混合而成的青铜。啊呀，学校的男孩们一定会很嫉妒我的！"

杰克的话使其他人也热切地环顾着四周。露西安也有了一个让其他孩子非常感兴趣的发现。那不是一个古老的青铜工具，而是一支明黄色的铅笔。

"你知道这是谁的吗？"露西安问，她那绿色的眼睛在手电筒光的映照下，像猫眼一样闪闪发光，"它是属于比尔·斯莫格斯的。有一天我看到他用这支笔记笔记。我确信这是比尔的。"

"那一定是他下到这里时不小心落下的。"菲利普兴奋地说，"天哪，我们的猜测是正确的！他根本不是什么观鸟者，他住在海边，有车有船，是因为他和在这个老矿里工作的人是朋友，要给他们运食物和其他东西。狡猾的老比尔——他从来没有对我们提过一句。"

"嗯，一个大人是不会向遇上的孩子们吹嘘这些的。"黛娜说，"嗯，如果他发觉我们得知他的秘密，他该会有多惊讶啊！我在想，他现在是不是也在这下面？"

"当然不在，傻瓜。"菲利普立刻说道，"岸边没有他的船，对吧？来这里，除了驾船之外，没有别的办法。"

"我把这个给忘了。"黛娜说，"无论如何，我现在不怕遇见什么秘密矿工了，因为我们知道他们是比尔的朋友。不管怎样，我们要想办法，不让他们知道我们在这里。他们可能会觉得小孩子是不可信的，而且会很生气。"

他们仔细检查了这个大洞穴。顶部是由粗大的木料支撑的，其中一部分已经破损了，顶部也因此在逐渐塌陷。凿出来的台阶通往更上面的一个洞穴，但那里的顶部已经倒塌了，孩子们根本没有办法进去。

"你知道我在想些什么吗？"杰克突然问道，他停下来，面对身后正在检查洞穴的其他人，"我确信那天晚上我看到的光不是从船上发出的，而是从这个岛上发出来的。矿工们当时是在发信号，表示他们已经吃完了食物，需要补给。而比尔从悬崖上发出的光，表示他会运来更多的食物。"

"是的，但光是从我们那边的悬崖上发出的，而不是从比尔那边的悬崖。"菲利普反驳道。

　　"我明白，但你是知道的，只有从悬崖的最高处才能看到从幽暗岛的海湾边发出的信号。"杰克说，"如果有人站在岛中央的那座小山上，生起篝火或挥动一盏很亮的灯，那只能从我们那边的悬崖上才能看到，而不能从比尔那边的悬崖上看到。所以比尔那天晚上一定是到我们那边的悬崖上回应岛上发出的信号。"

　　"我觉得你说得对。"菲利普说，"那天晚上，老比尔一定是在陡峭山庄后面徘徊，你看到了他的信号灯，乔也看到了。难怪老乔总说晚上有什么'东西'在游荡，还害怕它们！他一定是经常听见比尔的声音，看到亮光，却不知道那是什么。"

　　"我想比尔会尽快地带着新鲜的食物，驾驶自己的船来岛上。"杰克说，"他把那些旧的罐头盒子都拿走了。这就解释了为什么那些罐头不见了。狡猾的老比尔！这个可真是大秘密，而我们是唯一知道的人！"

　　"我真希望能告诉他，我们已经知道了。"露西安说，"我不明白为什么我们不能告诉他。我觉得他宁愿我们告诉他。"

　　"那么，我们可以漏点口风，让他猜到我们已经知道了。"菲利普说，"如果他猜到了，他就会承认，我们可以好好谈谈那些矿，比尔会告诉我们各种令人兴奋的事情。"

　　"好的，我们就这么做吧。"杰克说，"走吧，让我们再往深处走走。我感觉自己对这个洞好像已经了如指掌了。"

　　他们往前走了一会儿，通道突然向左拐，菲利普的心怦怦地急速跳动。根据地图，当主通道左转的时候，他们就在海床的正下方了。在深海中漫步有一种莫名的令人激动的感觉。

　　"那个奇怪的噪音是什么？"黛娜问道。他们都认真地听着。远处传来一阵奇怪的轰鸣的噪音，一直没有停下。

　　"是矿工在操作机器吗？"菲利普说。然后，他突然想到了那是什么。"不对——那是我们头顶上奔流的汹涌海浪！那就是海浪发出的声音。"

　　确实是大海的声音。孩子们站在那里，听着这个遥远的低沉的噪音。轰隆，轰隆，轰隆隆。那是大海在遍布岩石的海床上不停地奔腾，不断地撞击着岩石，好像在用那连贯的有节奏的声音诉说。

　　"在海底下感觉真奇怪。"露西安有些害怕地说。她颤抖着，因为通道很黑，噪音很大。

　　"这里是不是热得很古怪？"她问，其他人也有同感。这个地下的铜矿里当然是很热的。

　　他们沿着主通道继续往下走，避免走到其他不断向两侧伸展出去的坑道中，那些坑道很有可能是通向这个大铜矿的其他开采区的。

　　"如果我们不沿着这条大路，我们就会迷路。"菲利普说。露西安倒抽了一口凉气。她之前都没有想过他们可能会迷路。在铜矿的开采区中徘徊数英里，再也找不到爬上去的井梯，是多么可怕啊！

他们来到一个地方，前面突然出现了一丝亮光。孩子们绕过了一个角落，当他们向那里走去的时候，发现了透出亮光的地方。当他们转过通道的拐角进入到一个洞穴中的时候，里面被一盏强光灯所照亮。他们十分惊讶地停了下来。

　　就在这时，他们的耳边里传来一阵奇怪的声音，不是海洋低沉的轰隆声，而是一种他们辨认不出来的咔嗒咔嗒的噪音，然后是砰的一声巨响，接着又是一阵咔嗒咔嗒的噪音。

　　"我们找到了矿工们工作的地方。"杰克兴奋地低声说，"后退一点。我们可能会看到他们——但我们不希望被他们看到！"

第20章
地下囚徒

　　孩子们紧紧地贴着墙，努力地想要看清楚洞穴里的东西。强烈的光线闪得他们有些睁不开眼。

　　洞穴里除了有些盒子和箱子，没有什么别的东西。这里一个人都没有。但是在很近的地方有人在工作，发出咔嗒声和砰砰声。

　　"我们回去吧。"露西安吓坏了，说道。

　　"不行。你们看，这里有一条通道。"菲利普低声说，用手电筒照了照附近的那条黑暗的隧道，"我们可以爬到那里面，看看会不会发现在附近工作的矿工。"

　　于是，他们都顺着隧道爬了下去。当孩子们下去的时候，他们都紧紧地贴着两边的岩壁。一块石头从顶部掉了下来。琪琪吓了一大跳，她发出一声尖叫，从杰克的肩上飞走了。

　　"这里，琪琪！"杰克说。他害怕把她弄丢。但是琪琪并没有回到他的肩上。男孩跌跌撞撞地顺着通道回去找她。像平时喊她时那样，轻轻地吹着口哨，其他人没有意识到杰克已经和他们分开了。他们仍然吃力地沿着隧道缓慢向前。

就在这时，突然有状况发生。隧道里，有人提着一盏灯笼快速地走过来。灯光一下子打在三个孩子身上。他们蜷缩着贴在墙上，想尽量躲过灯笼令人目眩的亮光。提着灯笼的那个人惊讶地停了下来。

"嗯。"他用一种深沉而嘶哑的声音说道，"好吧——这可真是太奇怪了！"这个人举起灯笼，想把孩子们看得更清楚些。然后他扭头大喊了一声。

"雅各！来这里看看。看我找到了什么让你大跌眼镜的东西。"

另一名男子迅速地走上前。在阴影中，他显得高大、黝黑。他一看到三个孩子，就立刻大声惊呼。

"嗯，你看这个怎么办！"他问道，"小孩子！他们是怎么来这里的？他们是真人吗？还是我在做梦？"

"就是几个孩子啊。"第一个人说。他盯着三个孩子，声音粗暴而刺耳。

"你们来这儿干什么？你们和谁一起来的？"

"我们是自己来的。"菲利普说。

那人笑了起来，说："哦，不可能，你们不可能自己来这里。你们编的故事真的很糟糕。是谁带你们来的？你们为什么要来这里？"

"我们自己坐船来的。"露西安愤愤不平地说道，"我们知道那个礁石圈有一道缝隙，我们是来岛上观光的。"

"那你们为什么来地下？"雅各一边问，一边向他们靠近。

现在孩子们可以看清他的样子了，他们一点也不喜欢他的样子。他的一只眼睛蒙着一块黑色的眼罩，另一只眼睛恶狠狠地闪着凶光。他的嘴唇很薄，几乎看不到。露西安害怕得往后退缩。

"说吧，你们为什么来这里？"雅各问道。

"嗯——我们找到了一个矿井口，所以就爬下来看看这个老矿。"菲利普说，"别害怕，我们不会出卖你们的。"

"出卖我们？你在说什么呢？你都知道些什么，小子？"雅各粗暴地问。

菲利普没有回答，他真不知道该说什么。雅各向另一个男人点了点头，那个男人就走到孩子身后。现在孩子们既不能前进，也不能往后逃跑了。

露西安哭了起来。菲利普搂着她，这时才第一次想到杰克不见了。露西安也四处张望着，寻找杰克的踪影。当她发现他不见的时候，哭得更响亮了。

"露西安，别告诉这些人杰克不见了。"菲利普低声对她说，"他们要是把我们关起来，杰克还能够逃出去，找人来救我们。所以不要说任何有关他的事。"

"你们在说什么悄悄话？"雅各问道，"现在看着我，小子，你不想你的姐妹受到伤害吧？嗯，只要你告诉我们你都知道些什么，也许我们就会放你们走。"

这个男人的语气让菲利普十分惊慌。他第一次意识到他们可能会有危险。这些人很凶恶——他们不会愿意让三个孩子暴露他们的秘密的。他们会不会把孩子们囚禁在地下，殴打他们，饿死他们？谁知道会发生什么呢？菲利普决心告诉这个男人一些他已经猜到的事情。

"喂，听我说，"他对雅各说道，"我们知道你们和谁一起工作，明白吗？他是我们的一个朋友。我们要是受到任何伤害，他可是会很生气的。"

"哦，是吗？"雅各用嘲弄的口吻说道，"你们的这个好朋友是谁呢？"

"比尔·斯莫格斯。"菲利普确信提到比尔的名字后，一切都会好起来的。

"比尔·斯莫格斯？"那个男人哼了一声，声音里透露着讥讽，"他是谁？我从来没有听说过他。"

"但你一定认识他。"菲利普绝望地说，"他给你带来食物，给你发信号。你知道的，是他在做这些事情。你肯定认识比尔·斯莫格斯，和他的小船'信天翁'号。"

两个人死死地盯着孩子们，然后用某种外语迅速交流起来。他们似乎很困惑。

"比尔·斯莫格斯不是我们的朋友。"雅各说，又停顿了一会儿说，"他告诉你们他认识我们？"

"哦，没有。"菲利普说，"是我们自己猜的。"

"那你们可猜错了。"那个男人说，"快过来吧，我们会让你们舒舒服服地待在这儿，直到我们决定怎么处理你们这些多管闲事的小鬼。"

菲利普猜测他们会被关在地下某处。他感到又惊又怒。两个女孩都吓坏了。黛娜没有哭，但是露西安已经绝望了，她因为杰克不在身边而不停地哭泣。

雅各推搡着菲利普，让他走在前面。雅各把孩子们逼进了一条狭窄的通道，与他们刚才所在的隧道正好成直角。这条通道中间有一扇门，雅各拔去门闩，把孩子们推进了洞里。这个洞穴里面有几张长凳和一张小桌子，看起来就像一个小房间。雅各把他的灯笼放在桌子上。

"你们在这里会很安全的。"他说着，露出了可怕的笑容，"相当安全。别担心，我不会让你们挨饿的。"

孩子们被留在里面。他们听到门被牢牢地闩上了。雅各的脚步声也渐渐消失了。露西安仍然在哭泣。

"我们的运气真是太糟糕了！"菲利普试图用开心一点的语气说，"别哭了，露西安。"

"为什么这些人不认识比尔·斯莫格斯？"黛娜疑惑地问，"我们知道，一定是他给他们带来食物，然后把他们挖的铜运走。"

"这很容易就能猜到，"菲利普沮丧地说，"我打赌比尔给了我们一个假名字。这名字听起来很奇怪，现在回头想一想，我从来没有听说过像'比尔·斯莫格斯'这样的名字。"

"哦，你认为那不是他的真名？"黛娜问，"所以那些人当然不知道这个名字了。唉！如果我们知道他的真名就好了，就不会有这些麻烦了。"

"我们接下来该怎么办呢？"露西安哭着说，"我可不喜欢被关在海底的铜矿里。这里简直太可怕了。"

"但是，这的确是一次非常令人兴奋的冒险啊，露西安。"菲利普试图安慰她。

"我可不喜欢亲身经历这种惊心动魄的冒险。"露西安说。其他人也不喜欢这种冒险。菲利普在想杰克现在在哪里。

"他出什么事了吗？"他说，"我希望他是安全的。如果他还是安全的话，就能来救我们。"

但是，此刻的杰克并不是安全的。他之前在隧道里到处寻找琪琪，拐进了另一条隧道。他找到了琪琪，转身往回走——但已经迷路了。他并不知道其他人被抓住了。琪琪站在他的肩膀上，轻声地自言自语。

地图在菲利普手里，而不是在杰克手里。所以，一旦杰克迷了路，他根本没有办法找到回去的路。他拐进了一条又一条隧道，发现其中的一些被人堵住了，就只好再转身回来。他开始在各处无助地游荡。

"琪琪，我们迷路了。"杰克说。他一遍又一遍大声地呼唤着伙伴们，一次又一次地听到自己的声音古怪地回荡在古老的隧道里。琪琪也在尖叫，但是没有听到回应。

过了一会儿，孩子们终于在牢房般的洞穴里沉默了。他们无事可做，也无话可说。露西安把头枕在搁在桌上的胳膊上，疲惫得很快就睡着了。黛娜和菲利普在长椅上活动了一下，也想睡一会儿。但是两个人都睡不着。

"菲利普，我们一定得从这里逃出去。"黛娜绝望地说。

过了一会儿，孩子们终于在牢房般的洞穴里沉默了。他们无事可做，也无话可说。

"说得容易，"菲利普讽刺地说，"做起来难啊。你说，我们要怎么从一个深藏在海底铜矿的洞穴里逃走？况且这个洞口还有一扇牢牢闩上的木门。别犯傻了。"

"菲利普，我想到了一个办法。"黛娜沉思了很久，说道。菲利普哼了一声。他从来不觉得黛娜会有什么办法，她的想法一般来说，都挺牵强的。

"菲利普，听我说。"黛娜诚恳地说，"这真的是个好主意。"

"是什么？"菲利普脾气暴躁地问。

"嗯，雅各或是另外那个人迟早会回来给我们送吃的。"黛娜开始讲述自己的计划，"等他来的时候，我们就一起喘粗气，屏住呼吸，呻吟。"

"这是为了什么？"菲利普惊讶地问。

"为了让他觉得这里的空气非常糟糕，我们不能呼吸，我们快死了。"黛娜回答，"也许他会让我们走进通道透口气。这个时候，你就可以跟跄着过去，把他的灯踢飞，然后我们便可以趁机逃走。"

菲利普坐起身，钦佩地看着他的妹妹。"我觉得你的想法真的很棒。"他说。黛娜高兴得满脸泛红光："好的，我真是这样觉得的。我们必须叫醒露西安，告诉她这个计划。她也必须参与。"

于是，露西安被叫醒了。在了解了整个计划之后，她也认为这计划不错。她开始喘着气，抱着自己的脑袋像模像样地呻吟起来。菲利普点了点头。

　　"干得不错，"他说，"在听到雅各或者他的同伙过来的时候，我们就都这样做。嗯，现在还有时间，我们最好在那张地图上找到我们所处的位置。这样，我们一踢飞那人的灯笼，就能知道我们要往哪里逃。"

　　他把地图铺在桌子上，研究起来。"好的。"好一会儿，他终于开口道，"我知道我们在哪里了。看到那个被照亮的大洞了吗？我们就是在旁边的那条小通道里被抓住的——我们从那条小通道里被带下来——关进了现在这个小洞穴里。现在，女孩们，听我说！当我踢飞那个人的灯笼以后，就握住我的手，离我近一些。我会带你们从正确的方向逃走，再次找到那个矿井口。我们上去之后，就和杰克在某个地方会合，然后去找我们的船。"

　　"太好了。"黛娜兴奋地说，就在此时，他们听到了有脚步声正在朝木门靠近。

第21章
快跑，但是杰克可怎么办？

门闩被挪开了。门打开后，雅各出现了，手里拿着一盘饼干和一大罐打开的沙丁鱼罐头。他还在桌子上放了一壶水。

然后，他惊讶地看到三个孩子都不太正常。菲利普似乎窒息了，他从长椅上滚到了地上。黛娜紧紧地抱着自己的头，声音也很反常。露西安似乎正在生病，她发出了令人担忧的呻吟声。

"你们怎么了？"雅各问道。

"空气！我们需要空气！"菲利普大口喘着气说，"我们快窒息了。空气！空气！"

黛娜也滚到了地上。雅各拉起她，把她推到了门口。他把另外两个孩子也推到巷道里。他觉得，这些孩子真的快窒息了，洞穴里的空气一定太稀薄了。

菲利普抓住机会，就像站不住似的，跟跟跄跄地向雅各走过去。当他走近雅各的时候，就抬起右脚，瞄准雅各手中的灯笼踢过去。灯笼立即摔在地上被砸碎了。灯光一下子就熄灭了。一阵叮当作响的玻璃破碎声后，雅各大喊了一声。混乱中，菲

181

利普向两个害怕的女孩伸出手。他找到了她们，并把她们推到了自己的前面，跑向左边的一条通道。雅各仍然在黑暗中摸索着，喊叫着另一个同伙。

"奥利！嘿，奥利！拿盏灯来！快！这几个讨厌的孩子骗了我。嘿，奥利！"

菲利普努力地辨认着正确的方向，一路催着女孩们走得再快些。孩子们的心跳得厉害，露西安这时感觉自己真的快要窒息了。很快，他们就把雅各的呼喊抛在了脑后，来到了几个小时前来过的宽阔的主通道。菲利普用他的手电筒照着，很高兴地发现了那道细长而明亮的光束。

"谢天谢地，我们的方向对了。"菲利普停下来，听了一会儿说道。但他的耳中只有远在他们头顶的海浪声。他用手中的手电筒照了照四周。是的，他们是在正确的路线上。很好！

"我们可以休息一下吗？"露西安喘着气问。

"不行。"菲利普说，"只要那些人再拿来一盏灯，他们就会马上追上我们。他们会猜到，我们正逃向那个矿井口。走吧。没时间了。"

孩子们再次匆忙出发——很快，他们绝望地听到了身后的呼喊声。这意味着那些人就在他们身后，更重要的是，这些人马上就要赶上他们了。露西安惊恐得都迈不动步了。

他们终于来到了大大的矿井口。井太深了，孩子们看不到上面的入口，也看不到日光。

"你们上去吧。"菲利普焦急地说，"你先，露西安，越快越好。"

露西安开始往上爬，黛娜紧随其后，菲利普在最下面。他现在可以更清楚地听到那些男人的声音了。这时，他们突然停了下来。菲利普再也听不到他们的声音了。刚才出什么事儿了？

确实发生了一件不寻常的事情。鹦鹉琪琪听到了远处的骚动，兴奋得开始大叫起来。她和杰克仍然在通道和坑道组成的迷宫中摸索着，不知道方向。琪琪灵敏的耳朵听到了那些人的声音后，就开始尖叫。

"擦擦你的脚！把门关上！嘿，嘿，嘿，波莉，把水壶放到炉子上！"

那些人听到了叫声，以为是孩子们的声音。"他们已经迷路了。"雅各停下来说，"他们不知道回到矿井的路。他们迷路了，正在大喊救命呢。"

"让他们喊吧。"奥利不怀好意地说，"他们永远都找不到通往矿井的路。我告诉过你，他们找不到的。让他们在里面迷路，挨饿去吧。"

"不，"雅各说，"我们不能这样做。我们可不想向搜救人员解释，这些孩子为什么会饿得半死，对吧？我们最好抓住他们。他们往那个方向跑了。"

他们离开了主通道，试图找到那些发出喊声的孩子。琪琪的声音又传到了他们的耳朵里："擦擦你的脚，白痴，擦擦你的脚！"

两个人大吃一惊，继续循着那个声音走去，但是当他们走过来的时候，杰克和琪琪已经走进了另一条通道。琪琪闭嘴了，雅各和奥利也停了下来。

"什么都听不到了。"雅各说，"还是去矿井吧。也许他们已经找到了去那里的路。在我们想好怎么解决这件事之前，绝对不能让他们逃走。"

于是，他们收回前进的脚步，向矿井出发。他们抬头往上看，一堆小石子掉了下来，砸到了他俩。

"天哪！那几个孩子在上面呢！"雅各喊道，立刻沿着梯子往上爬。

孩子们差不多爬到了井口。露西安觉得她的胳膊和腿已经累得不能再多爬一级了。不过，她最终还是爬了上来。她从矿井里一出来就滚到了地上，筋疲力尽。接着出来的是黛娜，她坐了下来，长长地舒了一口气。最后出来的是菲利普，他也累坏了。不过，他决定他们一刻都不能休息。

"我确信那些人就紧紧地跟在我们后面。"他说，"我们没有时间可以浪费了。走吧，女孩们。在有人阻拦我们之前，我们必须找到船，离开这里。"

这时，天开始暗下来了。他们在地下待了好久！菲利普拽着女孩们，起身往海岸边跑去。谢天谢地，船还在那里。

"我不想丢下杰克。"露西安坚决地说，她的心中充满了对她亲爱的哥哥的担忧。

但是菲利普一下子就把她推到了船上。

"没时间了，"他说，"走吧。我们会尽快回来救杰克。我同样不忍心把他一个人扔在这里——但我必须让你们两个女孩安全离开。"

黛娜拿起一支桨,菲利普拿起了另一支。两个人迅速地划着船,穿过平静的水面。远处的水域,海浪冲击着礁石。菲利普感到非常焦虑。当他能看清水面的时候,安全地通过这个缝隙是一回事,但现在天都快黑了的时候通过,又是另一回事。

他听到了喊叫声,但他离岸边太远,已经看不清那里的人了。雅各和奥利也爬上矿井,奔到岸边,寻找他们的船。但是什么都没找到。这时潮水高涨起来,就连沙滩上小船停靠的痕迹都被抹去了。事实上,当孩子们刚上船的时候,船几乎已经漂浮起来了。幸运的是,它没有被冲走。

"这里没有船。"奥利说,"那些孩子是怎么来的?真奇怪。他们一定是乘船逃走的。他们不可能还在地下。我们最好今晚发个信号,找人过来。我们必须警告他们,有几个孩子在地下发现我们了。"

他们回到矿井,原路爬了下去,不知道还有一个孩子仍在矿井里东奔西窜。可怜的杰克沿着迷宫般的隧道走着,这些隧道在他看来长得一模一样。

与此同时,菲利普、露西安和黛娜幸运地通过了礁石圈的缝隙。这主要是依靠露西安敏锐的耳朵。她一直聆听着海水拍打礁石的声音,注意到了冲击声开始有些削弱。"那里就是缝隙。"她想,"声音在那里削弱了一点。"于是,她操控着船舵,试图把船导向自己觉得是缝隙的地方。她找对了。小船滑了过去，它的船底再次被海面下的礁石刮了一下。很快，他们就来到了开阔的海面，随着海浪上下颠簸着。

菲利普也不知道自己是怎么在渐暗的天色中，升起船帆，驾船回到家的。他当时已经绝望了，但他必须把两个女孩安然无恙地送回去，所以他鼓起勇气完成自己的使命。当他最终到达悬崖下小船的停泊点时，他已经没有力气下船了。他的膝盖突然软了，再也不能往前迈出一步。

"我必须休息一两分钟。"他对黛娜说，"我的腿变得有些奇怪。马上就好。"

"你真的非常聪明。"黛娜说。这句夸奖的话从她的口中说出真是意义非凡。

他们把船拴好，向屋里走去。波莉姨妈正在门口等他们，一脸的惊恐。

"你们去哪儿了？我一直很担心你们。我都快发疯了。我真的有点头晕。"

她的脸色看起来很苍白，病恹恹的。就在她说话的时候，她趔趄了一下，菲利普在她倒下去之前赶忙接住了她。

"可怜的波莉姨妈。"他说着，把她扶到了屋子里，尽可能轻地让她坐在沙发上，"我们很抱歉，让你担心了。我去给您拿些水——黛娜，还是你去拿些吧。"

不久，波莉姨妈说她感觉好一点了，但很明显她生病了。"她从来都不能担惊受怕。"黛娜对露西安说，"有一次，菲利普差点从悬崖上摔下来，她知道后就病了好几天。担惊受怕对她的心脏不好。我扶她去睡觉吧。"

"不要提杰克失踪的事情，"菲利普低声警告黛娜，"否则她真的会心脏病发作的。"

黛娜扶着波莉姨妈上了楼。菲利普去找乔。他还没有回来。太好了！嗯，他会看到船还在原处。他看着露西安苍白的小脸，疲惫的绿眼睛和担忧的表情。他对她感到十分愧疚。

"我们该怎么救杰克？"露西安立刻问，"菲利普，我们得救他。"

"我知道，"菲利普说，"嗯——我们不能告诉波莉姨妈和乔斯林姨父——那不会有任何好处。当然，我们也不会傻得把这些告诉乔。所以剩下的人就只有比尔了。"

"但你说过，我们最好不要告诉比尔我们知道他的秘密。"露西安说。

"我知道。但是，我们现在必须告诉他。现在杰克独自一个人在岛上。"菲利普说，"比尔必须去岛上，告诉他那些凶恶的朋友，杰克是他的朋友。这样，他会找到杰克，并把他安全地带回来。别担心，露西安。"

"你现在就去告诉他吗？"露西安眼里闪烁着泪花。

"我吃点东西，就立刻去找他。"菲利普突然感到很饿，他觉得自己可以吃下一整块面包、一磅黄油和一罐果酱，"露西安，你最好也吃点东西，你的脸色看起来苍白得像一张纸。振作点！杰克很快就能安全地回来。那时，我们又可以一起说说笑笑了。"

　　黛娜从楼上下来，拿了些吃的东西。他们都非常饿，甚至包括露西安。黛娜也同意现在唯一能做的就是去找比尔·斯莫格斯，在那些人找到杰克之前，让比尔去救杰克。

　　"我们逃出来，他们一定气疯了，会更为粗暴地对待杰克。"黛娜说完就希望压根儿没说这些话，因为露西安看起来害怕得要命。

　　"菲利普，请你去找比尔吧。"露西安恳求道，"现在就去吧。如果你不去，我就自己去。"

　　"别傻了。"菲利普站起来说，"在这么黑的夜晚，你根本没办法穿过悬崖的。你会从悬崖边摔下去。再见！我去去就回。"

　　菲利普出发了，他爬上悬崖顶端的陡峭小路，去找比尔。他远远地看到了乔的车的灯光，听到了发动机的噪音，乔就要到家了。为了不让乔发现，他加快了脚步。

　　"比尔看到我，肯定会很惊讶的。"他想，"他一定会纳闷是谁在半夜去敲他的房门。"

　　但是，当菲利普最终来到小屋的时候，才发现比尔不在家。唉，现在他该如何是好呢？

第22章
同比尔的谈话和一个打击

　　菲利普满心沮丧。他从来没有想到，比尔可能会不在家。真是太糟糕了！菲利普坐在凳子上想着是否还有别的方法——但他累了，他的大脑似乎根本就不能运转了。

　　"我现在该怎么办？我现在该怎么办？"他思考着，但是什么办法都想不到，"我现在该怎么办？"

　　小屋里是暗的。菲利普坐在凳子上，双手耷拉在双腿之间。突然，他意识到小屋后面似乎有什么东西，便转过头去想看看那是什么。

　　令人惊讶的是，他看到那里闪烁着红光。然后红光消失了，又亮了，又消失了，又出现了，就这样持续了几分钟。菲利普试图弄明白那到底是什么，它为什么像是在发信号。最后，他起身走过去。原来，红光来自无线电设备旁边的一个小灯泡。菲利普看了看，扭了扭一两个旋钮。当他扭动其中的一个旋钮的时候，有音乐从无线电设备传了出来。扭动另一个的时候，有莫尔斯电码传了出来。接着，他无意间在无线电设备后面发现了一个小的电话听筒，比他之前看到的任何一个听筒都小。

他想和小口袋差不多大。

他拿起听筒，立即听到里面传来一个沙哑的声音。他把听筒放到耳边。

"Y2呼叫。"那声音说道，"Y2，Y2呼叫。"

菲利普听着，大吃一惊。随后，他下定决心，和这个声音对话。

"你好！"他问，"你是谁？"

听筒那端瞬间陷入了沉默。很明显，不管那个人是谁，他都十分震惊。声音再次通过电话响起，只不过变得谨慎了。

"你是谁？"

"我是一个叫菲利普·曼纳林的男孩。我是来找比尔·斯莫格斯的，但是他不在。"

"你说谁呢？"那声音说。

"比尔·斯莫格斯。但是他现在不在这里。"菲利普重复道，"我说，你是谁啊？你要给比尔留个言吗？我想他会马上回来的。"

"他走了多久了？"那个Y2问道。

"不知道。"菲利普说道，"等一下，我好像听到有人来了。我想是他回来了。"

菲利普高兴地放下那个小小的电话听筒。他听到外面传来了口哨声和脚步声。一定是比尔回来了。

果然是比尔。比尔打着手电筒，走了进来。他看到菲利普时，惊讶地停在了原地，一句话也说不出来。

"哦，比尔！"菲利普高兴地说，"很高兴，你回来了。快！有人在电话里找你呢，他说他是Y2。"

"你和他通过话了？"比尔的声音听起来很震惊。他拿起那个小小的电话筒，简练地说：

"是Y2吗？我是L4。"

那一端的声音显然在问比尔菲利普是谁。

"就是住在附近的一个男孩。"比尔说，"请问有什么新消息吗？"

接下来，比尔所说的话都是"是。那是当然的。我会让你知道结果的。谢谢。不，还没有。再见"。

谈话结束后，他转过身，看着菲利普。"喂，听我说，小伙子，"他说，"请你记住，如果你在我出门的时候来找我，请不要乱动我的东西，或者掺和我的事情。"

比尔说话的语气从来没有这么严厉过，菲利普的心沉了下去。当比尔知道孩子们猜到了他的秘密的时候，他又会说什么呢？他也许会觉得，这些孩子比以往任何时候都更爱管闲事。

"对不起，比尔，"他笨拙地说，"我不是故意来打搅你的。"

"你为什么会大晚上的来这里？"比尔问。

"比尔，这是你的铅笔吗？"菲利普说着话，把铅笔拿了出来。他希望比尔看到铅笔的时候，会记起自己把它落在铜矿里了。这样，菲利普就不必多说，比尔自己就会猜到孩子们已经知道了他的秘密。比尔盯着黄色的铅笔看了看。

"是的，那是我的，"他说，"但你晚上来这里，不是为了把我的铅笔还给我吧。你到底是来做什么的?"

"哦,比尔,别发火。"可怜的菲利普说,"你知道——我们已经知道了你的秘密。我们知道你在这里做什么。我们知道你为什么去岛上,我们知道了一切。"

比尔听着菲利普说的话,仿佛根本不相信自己的耳朵。他极其惊讶地盯着菲利普。他的眼睛眯起来,嘴巴紧闭成一条细线。有那么一瞬,整个人变得非常可怕。

"你必须清楚地告诉我你刚才说的是什么意思。"比尔的声音让人恐惧,"我的秘密是什么?什么是你知道的'一切'?"

"嗯,"菲利普赶忙回答,"我们知道你和你的朋友们试图重新开采那座铜矿——我们知道你在这里,是为了用你的船和车给他们运送食物,然后运走他们开采的铜。我们知道,你已经去过铜矿,去看那里的人。我们知道,你给了我们一个假的名字。但是,比尔,我们做梦都不会出卖你的,我们希望你能开采到大量的铜。"

比尔认真地听着,他的眼睛仍然眯成了一条缝。但是当菲利普继续说下去的时候,他眼中重新闪烁起了光芒,他又像是之前的比尔了。

"嗯,好吧,所以这就是你所知道的事情,"比尔说,"你还知道些什么吗?你是怎么去那个岛的?我希望不是坐我的船吧。"

"哦,不是的。"菲利普说,他看到比尔表现出往日的友好,悬着的心稍微放下了一些,"我们在乔出去的时候,用了他的船。我们从矿井里下去，那也是我们找到铅笔的地方。但我们不喜欢你的朋友，比尔。他们把我们关起来——他们很凶恶——甚至当我们向他们提到你的名字，说我们是你的朋友的时候，他们竟然说不认识你，也不放我们走。"

"你告诉他们，你认识比尔·斯莫格斯？"比尔问。菲利普点了点头。

"你看到了什么人？"比尔问，他的声音再次变得犀利起来，提问的口气让人觉得有点害怕。

"有两个人，一个叫雅各，另一个叫奥利。"菲利普说。比尔在他的笔记本上写了起来。"他们长什么样？"他的口气仍然很严肃。

"嗯——但是你肯定认识他们啊。"菲利普惊讶地说，"不管怎样，我真的没有看清楚——那里不是太暗，就是有光太亮，照得我眼花缭乱。我只是看到雅各身材高大，皮肤黝黑，一只眼睛蒙着眼罩，就这样。但你肯定知道他们长什么样吧，比尔。"

"你还有看到其他人或东西吗？"比尔问。

菲利普摇了摇头。"没有。但是我们听到有其他矿工在工作——时而传来咔嗒咔嗒的巨响，时而砰的一声，但是你知道的——他们一定已经在里面找到了一个矿石很多的地方。比尔，你在那里找到了多少铜？你会发大财吗？"

"听着，你今天晚上来这里一定不是为了告诉我这些的吧，"比尔突然说，"你是来做什么的？"

"我来是想告诉你，虽然黛娜、露西安和我设法骗过雅各，逃了出来，但是我们不得不把杰克和琪琪扔在了那里。"菲利普说，"我们现在很担心他。他可能还在海底的矿井巷道里乱转呢。或者你的朋友们可能已经抓住他，并折磨他，因为他们被我们骗了，一定很生气。"

"杰克还在那里——在岛上——在矿井里！"比尔看起来十分震惊，"天哪！这事儿可太严重了。为什么你不一开始就告诉我？看起来，一切都将被你们这些孩子给毁了。"

比尔看起来又生气又沮丧。比尔走向他的收音机，用手指拨弄着旋钮，然后菲利普惊讶地听到，比尔开始用一种他不知道的语言与对方进行简单的交流。

"这个收音机既是个发射器，也是个接收器。"菲利普心想，"这太神秘了。比尔现在是在跟谁说话？他们是不是还有个掌管铜矿的幕后大老板？我猜，那矿肯定值很多钱。哦，天哪，我希望，我们没真的破坏了他们的好事。比尔是什么意思？我们怎么会毁了一切呢？他只需要去岛上看看他的朋友，告诉他们，把杰克放了，不就完事了吗？他肯定会相信我们是不会出卖他的。"

比尔转过身来，对菲利普说："我们必须马上出发。走吧。"

他们用手电筒的光束照着前面的路，来到停船的地方。比尔把船推了出去。他突然大叫了一声，吓得菲利普的心脏都快跳出来了。

"这是谁干的?"

比尔用手电筒照着小船。菲利普惊恐地发现船底被人故意凿过，用的力气之大，直接凿出了几个洞。海水不断地涌进船里。

比尔把船重新拉回沙滩上，脸色严峻。"你知道这是怎么回事吗？"他问菲利普。

"我当然不知道了。"菲利普说，"天哪，这是谁干的呢，比尔？这太糟糕了。"

"这船在修好之前是没法用了。"比尔说，"但无论如何，我们都必须去幽暗岛。我们得用乔的船。走吧。但是要确保他不会知道这事。知道这件事的人实在是太多了——还有太多四处打探的人。"

他们立刻从悬崖出发。可怜的菲利普太累了，只能勉强追赶着比尔的脚步。他们来到陡峭山庄，从悬崖上爬了下来，来到乔平时停船的地方。

但是，令他们惊讶和绝望的是，乔的船并不在那里。船不见了。

第23章
另一条秘密通道

菲利普离开后，露西安和黛娜试图做些缝缝补补的事情，让自己平静下来。但露西安的手一直在发抖，拿着针不断地刺到自己的手指。

"我最好还是去告诉乔斯林姨父一声，波莉姨妈觉得不舒服，已经去睡了。"黛娜说，"跟我来吧，露西安。"

两个女孩跑到书房外，敲了敲门。她们进去后，黛娜把波莉姨妈的事情告诉了她的姨父。他点点头，似乎什么都听不见。

"乔斯林姨父，"黛娜说，"您还有其他与幽暗岛有关的地图或者书吗？"

"没有，"她的姨父说，"等一下——我想起来了，这里有一本关于这栋房子，'陡峭山庄'的书。你知道吗，这房子在两三百年前是从事非法活动和秘密行为的好地方。我记得从海滩上到这个房子有一条秘密通道。"

"是的，的确有。"黛娜说，"我们知道。"

她的姨父变得相当兴奋。他让黛娜把她知道的全告诉他。"哎呀，"他说，"我以为它早就塌了，但是这些岩石中凿出来的秘密通道，确实是能存在好多年的。不过，我仍然认为，另一条从海底通到幽暗岛的秘密通道肯定被海水淹没了。"

两个女孩惊讶地盯着这个老人。最终还是黛娜先开了口：

"乔斯林姨父，您的意思是说，这儿还有另外一条通向幽暗岛的海底秘密通道吗？这可能吗，这儿离那座岛太远了！"

"嗯，应该是有的。"乔斯林姨父说，"我刚才提到的那本书里有相关的介绍。那本书现在在哪儿呢？"

在乔斯林姨父寻找那本书的时候，两个女孩焦急地等待着。最终，他找到了那本书，黛娜几乎是从他手里抢过来的。

"谢谢您，姨父。"她说。在乔斯林姨父说不准她把书拿出书房之前，她就和露西安冲出了房门，尽可能快地赶回起居室。另一条通道……这次可以直接去岛上了！简直太令人兴奋了！乔斯林姨父肯定弄错了。

"这很有可能是真的。"黛娜兴奋地说，"我知道，整个海岸像蜂巢般遍地都是洞穴和通道——这也是它出名的地方。露西安，你知道的，一些地区的确是那样。我希望这条通道能直接和海底的矿井巷道相连接。据我们了解，有些巷道长达数英里呢。"

女孩们打开了那本奇怪的旧书。她们没有办法读懂上面的文字，一方面是因为字迹已经褪色了，另一方面是因为上面字体的形状与她们认识的不一样。她们一页一页地翻着书，寻找着里面的地图或图片。

这本书记载的显然是陡峭山庄数百年的历史。在过去的岁

"瞧,"黛娜指着一张古怪的旧地图说,"这就是昔日的陡峭山庄。真是个好地方!看那些塔楼——正面是多么宏伟啊!"

月里，肯定有座城堡一直稳稳地矗立在悬崖上。前面的大海和后面的悬崖为它提供了天然的保护。当然，这座城堡已经塌了一半，里面只剩下几个还可以住人的房间。

"瞧，"黛娜指着一张古怪的旧地图说，"这就是昔日的陡峭山庄。真是个好地方！看那些塔楼——正面是多么宏伟啊！"

她们又翻了翻，翻到了有一张图纸的一页上。女孩们仔细研究起来，露西安大喊了一声："我知道了，这就是从地窖到海滩的秘密通道。不是吗？"

果然是的。这是毫无疑问的。女孩们感到十分兴奋。也许这本书上还会有其他的秘密通道标出呢。

书中还有两三幅类似图纸的地图，其中一些褪色得特别严重，根本没有办法分辨出它们表示的是什么意思。黛娜叹了一口气。

"我希望，我能读懂书里这种古老的文字。如果我能读懂的话，我就有可能看出，哪张地图表示的是那条秘密通道。如果我们发现的话，那会是多么令人兴奋啊！要是我们告诉男孩们，其实还有一条通往幽暗岛的海底通道，他们会说什么？"

这让露西安想到了杰克，脸上蒙上了一层阴云。杰克现在在哪里？菲利普是不是已经找到比尔·斯莫格斯，并且乘船去救他了呢？他们现在会不会已经把杰克安全地带回来了呢？

当她想到这儿的时候，听到客厅外面的走廊里，传来菲利普的声音。她高兴地跳了起来。菲利普和比尔已经把杰克带回来了吗？他们真是太棒了！她高兴地跑到门口。

但是，外面只有比尔和菲利普，没有杰克。露西安向他们喊道：

"杰克在哪里？你们不是去救他了吗？他现在在哪儿？"

"比尔的船被人凿坏了。"菲利普走进屋子，说道，"所以我们来这里找乔的船。但他的船也不在。我在想，乔是不是像平时那样，晚上出去捕鱼了。我们就这样被困在这里，也不知道接下来该怎么办。"

两个女孩沮丧地盯着他们。没有船了——就是没有办法去救可怜的杰克？露西安想到杰克迷失在那些黑暗无边的洞穴里，还有那些凶恶的人正准备抓住他，把他关起来，她的眼中就蓄满了泪水。她觉得庆幸的是，有琪琪陪着他。

"哦，菲利普，"黛娜突然想起刚才的事情，她说，"你知道，乔斯林姨父今晚告诉我们什么吗？他说，曾经有一条通往铜矿的海底通道！他还知道有另一条秘密通道，但他不认为它仍然可以用。他很惊讶。哦，菲利普，你觉得岛上的秘密通道还在吗？它会不会被海水淹没或者倒塌了？哦，我真希望我们能找到它！"

比尔看上去突然变得很有兴趣。他拿起黛娜手中的书。"这是一本关于这个老房子的书？"他问。黛娜点了点头。

"是的，我们自己的秘密通道也在地图上，那个我们自己发现的通道，我们希望能在里面找到另一条，只是我们看不懂这些旧地图和上面印的字儿。"

"嗯，我能读懂。"比尔说。他马上沉浸在书里，慢慢地翻看着，跳过一些部分，寻找着有关能去幽暗岛的通道的细节。

突然，比尔显得非常兴奋，迅速就翻了一两页。他先是认真地看着一张奇怪的地图，然后又看了另一张。他问了一个奇怪的问题。

"你们这儿的那口井有多深？"

"井？"菲利普惊讶地说，"哦，我觉得那口井非常非常深，大概和幽暗岛上的那个矿井一样深。它应该在海平面之下，当然，它里面没有盐。"

"看这儿。"比尔说着，为孩子们拼读出书中的几个词，然后他翻到一张地图。它显示这里有一口深入地下的井。"明白了吗？"比尔说，"通往幽暗岛的通道的起点，就在你们井的底部。很显然就是那个地方。要是我之前认真想想，应该能想到的——你们看，一条通向铜矿的海底通道的入口，必须在海平面以下，那口井就是这里唯一一在海平面以下的地方了！"

"天哪！"三个孩子立刻异口同声地说道。那口井！他们没有想到这一点。太神奇了！

"可是井底有水。"菲利普说，"你不能从水里穿过去啊。"

"不需要这样，你们看。"比尔·斯莫格斯说着，指着地图，"通道的入口高于井水的水面。看到了吗？我猜，这些应该是台阶，从入口处凿出来，一直往上延伸，然后通过岩石本身的一条天然裂缝。我想一定是被人发现以后，通过人工镐击或者爆破，建成了一条可以使用的通道。"

"我明白了。"菲利普兴奋地说，"有人在挖井的时候，发现了这个很深的洞，在探索一番之后，发现它是一条天然的通道，就像你说的那样，把它开发后就投入使用了。比尔，我们可以下去弄清楚吗？"

"现在不行，都半夜了。"比尔立刻说，"今天，你们冒的险都已经够多的了，我们得去睡觉了。"

"但是杰克怎么办呢？"露西安问，她的绿色眼睛充满了焦虑不安。

"今晚，我们不能为他做什么，"比尔的语气坚定而和蔼，"不管怎样，如果他会被抓住，那他已经被抓住了；如果他没有被抓住，那我们明天就可以救他。但是，我们不能在大半夜里坐着水桶下到井里。目前就只能这样了。菲利普，今晚我会和你一起睡在塔楼顶的屋子里。"

菲利普很高兴。他可不想晚上一个人睡。尽管女孩们表示了抗议，说她们并不累，但还是被赶上了床。菲利普和比尔沿着螺旋楼梯，来到了塔楼的小屋里。菲利普向比尔展示了他们有时可以看到幽暗岛的那扇窗户。

然后，菲利普就坐在了床上，脱下鞋子。但他太累了，甚至连鞋带都解不开了。他翻身躺在床上，闭上眼睛，衣服都没有脱，就快睡着了。比尔看了看他，笑了起来。他在菲利普身上盖了毯子。然后他坐在窗前思考了很久。

明天，他们就能知道是否还有一条从陡峭山庄去幽暗岛的通道了。比尔觉得那条通道应该不能用了。另一条通道确实仍然可以使用，但是与通往幽暗岛的通道相比，它的距离非常短，而且海底的通道多年来一直受到海浪的冲击。只要有一道裂缝，渗进一点儿海水，通道就会在几个星期内被淹没。这样一来，它就根本无法让人通过。

比尔终于睡觉了，在睡着的男孩旁边伸展了一下身子，沉沉睡去。他被菲利普摇醒了："比尔！已经是早上了！我们去吃早饭吧，然后去找到井中的通道。快！"

他们很快就来到了楼下，发现两个女孩已经在那里了。她们正在做培根和鸡蛋。"乔呢？"菲利普惊讶地问。

"他还在钓鱼，没有回来。"黛娜一面说，一面从锅里熟练地取出一个煎鸡蛋，"比尔，给你。菲利普，我再给你煎一个。乔没有回来是件好事，不是吗？——不然他肯定会想比尔在这里做什么。他会觉得这事儿很可疑。"

"乔随时都可能回来。"露西安说，"所以，我们要赶在他回来之前赶快走。我讨厌我们在井下摸索的时候，他站在井边瞪着我们。"

他们很快吃完了早餐。黛娜已经把一些吃的东西，送到姨妈的卧室和姨父的书房了。她说波莉姨妈感觉好了一点，一会儿就能下楼了。她觉得，乔斯林姨父根本就没上床睡觉。

"我真的觉得，他整晚都在工作。"黛娜说，"都吃完了吗？把锅碗先放着，回来以后再洗。"

所有的人都走到了房子后面，背靠着悬崖的小院子里。比尔俯身看了看那口井，的确非常深。

"我们是不是要坐着这个水桶下去？"菲利普问。

　　"如果水桶够大的话，我们就能下去。"黛娜说，"但是这个水桶，我们是不可能坐进去的，甚至连露西安都坐不进去。"

　　"你知道的，"比尔边说，边从口袋里拿出一个大手电筒，"如果这口井真的是通往岛上的唯一途径，那它里面就应该有一个梯子。我不觉得人们会坐在水桶里上上下下。"

　　"嗯，这里没有梯子。"菲利普说，"如果有的话，我应该能看到。"

　　比尔用手电筒照着井里，仔细查看着井壁的边边角角。"你们瞧，"他对菲利普说，"里面没有梯子，但你们看到墙上突起的铁钉了吗？嗯，那应该就是人们用来下井的东西。人们可以把它们当作台阶，用手抓住上面的那些铁钉，然后用脚摸索着下方的铁钉，踩着爬下去。"

　　"是的！"菲利普兴奋地说，"你说得对。这就是人们以前下井的方式。我敢打赌，发生战争的时候，很多难民会把这口老井当作藏身之处，即使他们不知道下面的那个通道入口。走吧，比尔，我们走吧。我现在只希望能马上下去。"

　　"嗯，是时候了，"比尔说，"我先下去了。黛娜，请多留意些乔。"

第24章

一次海底之旅

比尔连第一个铁钉都够不到，所以菲利普不得不去拿根绳子。绳子被紧紧地系在井边的铁柱上。比尔抓着绳子滑了下去，把脚搭在第一个铁钉上。

"没问题，"他说，"你准备好了，就下来吧，菲利普——先让我往下再走几步，你可一定不要滑倒啊。"

黛娜和露西安没有下去，她们一想到要手脚并用，攀着那些不牢固的铁钉，下到陡峭而寒冷的井中，就觉得不寒而栗。她们看着两人消失在黑暗中，不禁打了个冷战。

"被抛下的感觉真糟糕，但是我觉得我们下去会更糟糕。"黛娜说，"走吧，我们现在已经看不到比尔和菲利普，也听不到他们的声音了。我们还是回到厨房干点活吧。乔可真是太晚了！"

她们往回走，还想着比尔和菲利普在井下怎么样了。这时，他们正稳稳地往下爬，虽然很慢。那些铁钉似乎和当初被打入井壁时一样牢固。

往下爬十分消耗体力，如果没有那些不断出现的出人意料的歇脚处，他们是不可能爬下去的。比尔看到第一个歇脚处的时候很困惑。不过，他很快就猜出了它们是什么。那是井壁上开凿出的小洞，有几英尺深，足够让人在里面休息片刻。比尔一开始以为第一个小洞就是秘密通道的入口，他非常惊讶这么快就到了。但他很快就意识到这是什么，非常欣慰地在那里休息了几分钟。当比尔慢慢地继续向下爬，用脚摸索着下一个铁钉的时候，菲利普也在那里休息了一下。

他们感觉在井里已经往下爬了很久，事实上，时间只过去了大约一个小时。尽管他们在每个歇脚处都休息了，但是他们还是非常疲倦。突然，比尔插在腰带上的手电筒照亮了黑乎乎的水面。他们到了井底。

"我们到了！"比尔向菲利普大喊，"我现在四处找找，看看入口在哪里。"

那入口很容易就被找到了，井壁上有一个圆圆的像小隧道的洞口。比尔钻了进去。里面又黑又湿滑，散发着令人恶心的味道。"真奇怪，这里的空气还挺新鲜，"比尔心想，"一路爬下来，我能感觉到身边一直有气流——必然有某种通风渠道，才能让这里的空气保持清新。

他等着菲利普下来，然后一起踏上了世界上最奇怪的道路之一——一条海底的小路。起初，隧道很窄，并随着台阶一点点向上延伸，二人不得不弓着身子才能通过。但过了一会儿，它变得又宽又高。里面仍然是黏糊糊的，味道也令人恶心，但他们已经习惯了。

这时，通道开始向下延伸，有时坡度还相当陡峭。在最陡峭的部分，有些很简陋的台阶，以防来访者滑倒。但是地面实在是太黏滑了，即使是山羊也会摔跤。比尔一屁股坐在了地上，菲利普也摔倒了。

"把你的脚从我的脖子上挪开，"比尔说着，试图站起来，"啊呀，我身上现在一定脏死了！"

他们继续向前走着。不久，通道便不再下降，一直保持水平的方向。此时，通道被坚实的岩石包围着，没有泥土，没有沙子，没有白垩——只有黑黑的岩石，断断续续地发出奇特的光。

有一两次，通道内变得非常狭窄，几乎不可能挤过去。"好在我们都不胖。"菲利普说着，收起肚子勉强通过，"天哪，这可真够窄的！比尔，这些岩石经过了这么多年，是不是被压缩得相互靠拢了，或者这里的通道一直都是这么狭窄？"

"我觉得是一直这么狭窄。"比尔说，"这是海底的岩石层有一条完美的天然裂缝——太神奇了。尽管我也听说过世界上其他地方也有类似的裂缝，但是我相信，在这个海岸附近一定还有很多。"

这段路很暖和，但是，有些地方的空气不太好，比尔和菲利普都开始大口喘气。他们就像被装进了一个没有空气的袋子。但是，他们坚持继续向前，手电筒照在湿滑黝黑的墙壁上，有些地方依旧闪烁着奇特的磷光。菲利普说自己开始感觉在梦游。

"嗯，你不是在梦游。"比尔安抚他，"我们正处于一个奇特

的地方，但却是一个完全真实的地方。你不是在做梦。你想让我掐下你吗?"·

"嗯，好的。"菲利普说。在黑暗的狭窄的通道里走了这么长时间，他确实感到有些不可思议。所以，比尔掐了掐他，掐得有点重，菲利普都叫了起来。

"好啦!"他说，"我是醒着的，不是在做梦。没有人会蠢到

但是，他们坚持继续向前，手电筒照在湿滑黢黑的墙壁上，有些地方依旧闪烁着奇特的磷光。

梦见自己被掐。"

突然，比尔感到有东西从他脚边跑过。他吓了一跳，低头用手电筒朝下晃了晃。他吃惊地看到一只小老鼠正抬头望着他。比尔惊讶地停了下来。

"看这里，"他说，"一只老鼠。这里有一只老鼠！它以什么为食啊？这真是件不可思议的事情。我根本无法想象，有什么动物会生活在海底的这条通道里。"

菲利普笑了起来："没事。这只是我的宠物老鼠沃夫利。它一定是沿着我的袖子钻出来，跳到地上了。"

"嗯，如果它想活命的话，最好还是跳回去。"比尔说，"没有任何动物可以在这里活下去。"

"哦，它想回来的时候就会回来的，"菲利普说，"它不会离开我很久的。"

这段路实在是太艰苦了，他们不得不在中途休息了两三次。这条通道稀奇古怪得一会儿是笔直向前，一会儿仿佛抽搐似的，拐了好几个直角前进一段，最后变成一条直线。菲利普开始担心手电筒还能用多久。他一想到在电池耗尽之后，要待在这黑暗中，就感到十分害怕。如果比尔的手电筒也没电了呢？

但是，比尔安慰他道："我口袋里还有一节电池。别担心。我们会没事的。不过，这倒让我想起来，我口袋里还有一袋硬糖呢。我觉得我们含一两颗在嘴里，一定会让这个糟糕的冒险变得稍微惬意点。"

比尔停了下来，摸索着他的口袋，找到了硬糖，他俩立刻各在嘴里含了一颗。菲利普心想，嘴里含着好吃的糖果，自然会让人的心情好起来。

"你觉得我们走了多远？"菲利普问，"有一半吗？"

"不好说，"比尔说，"喂——这是什么？"

他停下脚步，用手电筒照着他的面前。通道似乎被堵上了。"天哪！"比尔说，"前面看起来好像塌方了。嗯，如果真是的话，那我们就完了。我们没有任何工具可以清理它，看看我们能不能通过吧。"

但是，令他们松了一口气的是，塌方并不严重，他们两人齐心协力，把妨碍他们前行的石头搬到了一边，并设法把路清理干净。

"我说，"在通道里摸索了很长时间之后，菲利普说，"你注意到岩石变色了吗，比尔？它们不再是黑色的了，而是有些泛红。你认为这是不是意味着我们正在接近铜矿？"

"对的，我认为可能就是这样。"比尔说，"这表示我们看到希望了。我不知道我们已经走了多久——感觉起码有一百个小时了。但我认为，我们已经很接近那座可怕的小岛了。"

"我很庆幸早餐大吃了一顿。"菲利普说，"不过，现在我又开始饿了。我真希望我们带了点吃的。"

"我带了不少巧克力。"比尔说，"如果它们还没有化，我可以给你一些。这里实在是太热了，就算化了我也不会惊讶。"

巧克力已经变得很软了，但是还没有化。这是上好的巧克力，有点苦，但是对于饿坏了的男孩来说，味道好极了。菲利普继续走着，贴着那黏糊糊的墙壁，注意到上面闪着铜的光泽。他琢磨着还有多久才能抵达目的地。

"你把那张地图带来了吗？"比尔突然问道，"我忘了提醒你把它带来。它过一会儿就能派上用场。"

"带来了，就在我的口袋里。"菲利普说，"哇，这个通道变得这么开阔啦！"

的确如此。秘密通道突然戛然而止，两个人进入了一个开阔的空间，这里显然是矿井巷道的尽头。菲利普心想，这里的铜一定是被开采完的。这个矿曾经是多么巨大，矿藏是多么丰富啊！

"我们终于到了，"比尔低声说道，"注意，从现在开始，我们不要发出任何声音，菲利普。我们要尽快找到杰克，最好不要引起其他人的注意。"

菲利普感到惊讶。"但是，比尔，"他说，"你为什么不能去你朋友工作的矿里，问他们'小雀斑'在哪里？为什么我们要小声说话，而不能大声说话？我不明白。"

"嗯，我有我的理由，"比尔说，"菲利普，即使你不知道是什么理由，也最好按我的话去做。走吧，那张地图在哪里？"

菲利普把地图从口袋里拿了出来。比尔拿过地图，把它打开，就近铺在一块平坦的岩石上，用手电筒照着仔细研究。终于，他把手指放在了某个地方。

"你看，"他说，"这就是我们现在所处的位置，看到了吗？正好就在矿井巷道的尽头。我觉得这表示的就是海底通道的起始处，但是我也不能百分百确定。现在告诉我，你们从井梯口进入矿井的时候，走的是哪条路？"

"这就是我们下矿井时用的那个井口。"菲利普指着地图上的标记说，"这就是我们一直走的主通道——那就是有明亮灯光的洞穴——在那里，我们听到了附近有人在工作时发出的咔嗒声和砰砰声。"

"好，"比尔高兴地说，"现在，我已经知道接下来咱们该往哪里走了。来吧，尽量轻点。我们要走到主巷道上去，然后看看能不能在附近发现杰克，或者听到他的声音。"

他们小心翼翼地走在宽敞的，有着许多分支坑道的主通道上。比尔用手指遮住手电筒，以免露出太多的光亮。他们离那个孩子们看到明亮的灯光，听见声音的洞穴还有一段距离。但菲利普知道，他们迟早会走到的。

"嘘！"比尔突然说，他停得太突然，菲利普一下撞上了他，"我听到有声音。听起来像是脚步声。"

他们停在原地，侧耳倾听。站在黑暗中，两个人听到海浪奔腾的沉闷的轰鸣声透过岩石层从头顶上方不断地传来，感到有些不可思议。菲利普觉得，这声音就像是一个人在用脚踢石子的噪音。

之后陷入了一片寂静。于是，他们继续向前。然后，他们觉得自己又听到了一阵噪音，这一次，这噪音就在他们附近。比尔觉得，他都可以听到不远处有人的呼吸声。他屏住呼吸听了听。

但是，那个藏在暗处的人好像也屏住了呼吸，所以，比尔什么也听不到了。真奇怪，他和菲利普悄悄地往前挪动着。

他们来到一个急转弯处，比尔在四周搜索了一下，他和菲利普一听到有噪音，就把手电筒关了。当比尔伸出手去摸墙壁的时候，来人也从比尔的对面伸出手来。就在菲利普明白发生了什么事之前，他听到了一声惊呼，接着，他感觉到比尔和那个人在他面前激烈地打斗起来。天哪，到底发生了什么事情？

第25章
一个离奇的发现

此时此刻，杰克和琪琪又在经历着什么呢？他们遇到的事情可真不少，其中有些事情是十分惊人的，令人难以置信。

杰克并不知道其他人实际上已经逃脱了，他甚至不知道，他们曾经被囚禁过。他就一直跟在琪琪的后面，早就迷失了方向。我们都知道，那些人追赶菲利普和女孩们的时候，听到了琪琪叽叽喳喳的声音，但是走错了路，并没有发现菲利普他们。

可怜的杰克就这样迷路了。他吓坏了，同样孤苦伶仃的琪琪牢牢地抓着他的肩膀。这个男孩在众多坑道组成的迷宫里徘徊着，经过了一条一条越来越古老的废弃的矿井巷道。他害怕手电筒会没电，洞顶塌陷砸到他身上。他有太多害怕的事情。

"我可能要永远迷失在这里了。"他想，"我可能已经偏离那条主通道好几英里了。"

突然间，他发现头顶有一个大洞，才意识到自己已经来到了另一个矿井。"这里当然有不少矿井，"杰克的心跳开始加速，"谢天谢地，我终于可以爬上去，重见天日了。"

但令男孩沮丧的是，这架井梯没有办法爬上去。曾经使用过的梯子和绳索已经腐烂或脱落了，现在绝对没有任何办法可以爬上去。

杰克站在井底，感觉很糟糕，因为他知道自由、阳光和新鲜空气就在上面，却怎么都无法得到。

"如果我是个小孩子，我敢打赌我会哭的。"杰克大声喊，感觉眼睫毛根部有一种疑似眼泪的东西在刺痛着他，"但是因为我是个男孩子，所以我只能笑着承受。"

他坚定地笑了笑。琪琪一边听着他的话，一边同情地说："把水壶放上来。"这让杰克笑了起来。

"你这个小傻瓜，"他的语气中充满了宠爱，"现在，我们下一步要去哪里？我觉得我们可能在同一条通道中一遍又一遍地来回打转。慢着，所有的矿井都在岛上——我肯定是折回了原路。因为我们刚才一度在海底下。我记得这些矿井，全都与一条或多条笔直的通道相连。我要下去看看，能不能回到主通道。如果我能回到主通道，我就能上去了。"

杰克磕磕绊绊地走到了一个被堵死的地方，他不可能过得去。所以他不得不走原路返回，重新开始，结果又走到了另一个洞顶坍塌的地方。真是令人沮丧。琪琪也厌倦了在黑暗的通道里漫长的奔波，像人一样打了一个实实在在的哈欠。

"把你的手放到你的嘴巴前，"她严厉地告诉自己，"我告诉过你多少次要关门？天佑吾王。"

"你一打哈欠，我也想打哈欠了。"杰克说着，坐了下来，"休息一下吧，琪琪？我真是累得够呛。"

他背靠着石壁，闭上了眼睛，打起了瞌睡。一两个小时后，当他醒来的时候，都不知道自己在哪里。回想起来之后，他感到了害怕。他站了起来，琪琪仍然牢牢地站在他的肩上。

　　"现在，不可以自己吓唬自己。"他严正地告诉自己，"只要继续走，迟早你就会找到出口的。"

　　就在他在众多通道里跌跌撞撞的时候，琪琪听到了那些人追赶其他孩子的声音，便大叫起来。但是杰克什么也没有听到，在那些人出现之前，他就拐进了一条曲折的通道。他不知道自己其实就在那个宽敞的主矿井旁边。但是现在，他来到了主通道，停了下来。

　　"这就是我们在地图上看到的那个宽敞的主通道吗？"他想，"可能是。如果我有一个更亮的手电筒就好了！希望这个手电筒不要就这么没电了。它的光看起来没之前那么亮了。"

　　他沿着通道一直向前，看见岩石上有些粗糙地凿出来的向上的台阶。出于好奇，他爬上了这些台阶，来到通往另一条巷道的一条通道。他跌跌撞撞地撞在墙上，撞下了一小块石头。杰克举起手中的手电筒，想看看它是从哪里掉下来的，他担心洞顶正在塌陷。

　　但洞顶并没有塌陷。他照到了一块闪着红铜光芒的石头——体积很大，形状也不规则。突然，他意识到，这不是一块石头。是的，它一定是一块大铜块！天哪，好美啊！他能拿得走吗？

　　杰克用颤抖的双手小心翼翼地将铜块从它原来的地方掰下

来。这块铜块嵌在一个由岩石裂缝形成的石架中。是有人在很多年前藏在这里的，还是现在在矿场里干活的某个人把它放在这里的呢？或者它就是一块藏在地底深处，自然形成的货真价实的铜块呢？杰克也不知道究竟是怎么回事。

这个铜块虽然重，但是杰克仍然可以搬动它。"这可是一块铜啊！"男孩不停地对自己重复着这话，"这几乎和找到一只大海雀一样棒——当然没到那种令人激动的程度，但也差不多了。其他人看见了会说些什么呢？"

杰克认为他现在比以往任何时候，都更应该远远地躲着矿工。他们很可能会把铜块从他手中夺走。当然，在法律上，这铜块可能应该是属于他们的，但他真希望，能在别人抢走它之前，把它给其他小伙伴看看。

男孩手中拿着铜块，回到主通道。现在，他不得不把手电筒别在腰带上，因为他不能将手电筒和铜一起拿在手里。但是这样的话，他往前走就会非常困难，因为手电筒总是向下照，而不是向前照。

"嘿！"杰克突然听到远处传来一个声响，不由得叫了一声，停了下来，"我想自己正靠近之前听到的噪音——那里是矿工工作的地方。也许我就在其他伙伴的附近。"

男孩偷偷地向前走着，进入了一个通道，拐了个急弯。那个明亮的洞穴再次出现在他的面前。上次他看到这个洞穴的时候，里面还是空荡荡的，这次里面有人。他们正把孩子们之前在那里看到的盒子和箱子拆开。杰克观望着，想知道盒子和箱子里面装的是什么。

"当琪琪飞走，我去追她的时候，我就在这个通道里。"杰克心想，"我想知道其他几个人怎么样了。天哪，再次看到亮光真好。如果我蹲在这块突起的大石头背后，应该不会被人发现。"

琪琪沉默着。长时间待在黑暗中的她被这突如其来的亮光吓坏了。她蹲在杰克的肩上看着眼前的一切。

那些盒子和箱子里装着的都是肉类和水果罐头。杰克看到这些食物时，突然觉得饥肠辘辘，因为他已经很久没吃东西了。男人们打开几个罐头，把里面装的东西倒在锡盘上，开始一边吃饭，一边聊天。杰克听不到他们在说什么。他感到饿极了，几乎要走出去向那些人乞求点儿食物。

但是，那些人看起来不像是好人。他们只穿着裤子，系着腰带，其他的什么都没穿。矿井里热得让人穿不了很多衣服。杰克希望他也能只穿着短裤。但他知道自己可不想要琪琪的爪子直接搭在他光溜溜的肩膀上。

那些人吃完了饭，就走进了山洞远端的一条通道里。现在洞穴里没有人了。那咔嗒咔嗒的噪音重新响了起来。显然，这些人又开工了。

杰克偷偷地走进这个照明充足的洞穴。亮光来自洞顶悬挂的三盏灯。杰克看了看那些已经开封的罐头。一个罐头里剩着一点儿肉，另一个罐头里有几片菠萝。他很快就把它们一扫而光。他觉得，自己一辈子都没有尝过如此美味的东西。

他决定溜进那些人刚刚走进的通道，看看他们是如何在铜矿里工作的。多么令人兴奋啊。他们会使用镐吗？他们会用爆破来开采铜吗？他们在做什么才会弄出那些噪音？这听起来很像是来自一些正在急速运转的庞大机器。

他顺着通道偷偷向前，发现了另一个洞穴。眼前的一切让杰克大吃一惊。那里有十几个人，正忙着操作几台咔嗒咔嗒、砰砰作响的机器。机器发出的声音震耳欲聋，回荡在洞穴的周围。

还有一个引擎发出的声音也加入了这些喧嚣。"多么奇怪的机器！"杰克盯着它们心想。他们究竟是怎么把这些东西都弄到这个铜矿来的呢？他们一定是把机器拆散后，运下来，再把它们拼装起来的。天哪，这些机器是多么的繁忙，发出的声音是多么的嘈杂！

杰克惊叹地看着洞里的一切。这些人是通过这台机器提炼铜的吗？他模糊地记得，许多金属必须经过冶炼熔化或者其他加工程序，才能被提纯。他觉得他们正在这样做。很明显，杰克现在拿着的这种铜块在这些矿里也不是经常能看到的。

其中一名男子擦了擦额头上的汗，从机器那边往杰克的藏身处走去。杰克急忙逃开，躲进一条狭小的巷道中，等他走过去。那个人拿了一杯水便往回走。杰克在巷道里等了一会儿，靠在他以为的"墙"上。但突然之间，"墙"动了一下，杰克往后倒了下去。他用手电筒照了照，发现那不是一堵墙，而是一扇牢固的木门。门里是一个牢房一样的地方，与其他孩子曾经被囚禁的房间差不多。

杰克听到有脚步声传来，便匆匆走进房间，关上了门。脚步声渐渐远去。杰克再次打开手电筒，想看看这洞穴里有什么东西。

在房间里，有些被捆成一堆堆松脆似纸张的东西，大小相同，颜色相同，紧紧地绑在一起。杰克看了又看，惊讶地眨巴着眼睛。

在那个像牢房一样的洞穴里，竟然有上千捆纸币。有一堆堆五镑的钞票，还有一堆堆十镑的钞票，它们都被整齐地堆放在一起，足以让任何人在一夜之间成为百万富翁。

"我一定是在做梦。"杰克揉了揉眼睛，"没错，我一定是在一个非常离奇的梦里。过一会儿，我就会醒来大笑。人们根本就不可能在地下洞穴里找到这样的宝藏。为什么？我可能正在一些精彩的童话故事中。这是不可能的——我最好马上醒过来。"

第26章
艰难时刻和一个惊喜的相遇

但是杰克没能醒过来，因为他根本就没有睡着。

他非常清醒地盯着这巨大的财富——一摞摞的纸币。这说不通。为什么把这些钱都存放在这个地下洞穴里？它属于谁？它的主人为什么不按照正常的方式把它存放进银行呢？

"也许是矿工们找到了很多铜，于是偷偷把它卖掉，再把钱存在这里。"杰克心里想着。他没从发现这堆积如山的财富的震惊中回过神来，竟然没有听到有人已经走到他所在的洞穴门口。

那个人开门进来，看见杰克在里面，他比杰克看到他还要惊讶。他目瞪口呆地盯着杰克，眼珠子都快掉出来了。接着，他粗暴地把这男孩拖出洞穴，一直把他拉到机器工作的洞里。

"看啊！"那个男人大喊一声，"看啊！我在储藏室里发现了他。"

机器立刻停了下来。所有的人都聚集在杰克和抓住他的那人身边。其中有一个人，向前跨了一步。是雅各。

他看起来非常凶恶，眼睛上蒙着的那只黑眼罩让他看起来十分诡异。他粗暴地摇晃着杰克的身子，杰克都要无法呼吸了。

222

当雅各松开他的手臂时，杰克一下子就摔到了地上。

"你们其余人在哪里？"雅各问道，"快告诉我，明白了吗！你是和谁一起进来的？你在这里干什么？你都知道了些什么？"

杰克拾起他的铜块，四处张望着寻找琪琪。琪琪早就吓得飞到了洞顶。他思考着该怎么回答才好。男人们没有注意到他的大铜块，这让杰克非常惊讶。他一直害怕他们会立刻把它从自己身上夺走。

"我不知道别人在哪里，"杰克终于说道，"我们一起来到这个岛上，两个男孩和两个女孩，我和其他人走散了。"

"还有谁和你们一起来的？"雅各问道，"你们这些孩子，不可能是自己来的。"

"我们的确是自己来的，"杰克坚持说，"我说，那些钱是谁的？"

在旁边听着对话的人群中有人发出了低沉的威胁声，杰克不安地环视了一下四周。雅各的脸色有些发黑，他看了看周围的人。

"有情况！"雅各说道，那些人都点了点头。他又转向杰克，说道："你现在听好了，你一定还有事情瞒着我们。你从别人那里还知道了些什么，不是吗？嗯，你得把你知道的全都告诉我们，否则，你再也不可能重见天日了。你明白了吗？我说得够清楚了吧！"

他说得非常清楚了。杰克害怕得开始颤抖起来。琪琪发出了一声尖叫，每个人都被吓了一跳。

　　"我不知道你是什么意思。"杰克绝望地说，"我们所知道的，仅仅是有人在这些铜矿里重新开工，开采出了铜，比尔·斯莫格斯会驾驶他的船送食物来岛上。实话实说，这就是我知道的全部。"

　　"比尔·斯莫格斯，"雅各重复着这个名字，"这名字，其他孩子也提到过。比尔·斯莫格斯到底是谁？"

　　杰克感到困惑不解："这不是他的真名吗？"

　　"他的真名是什么？"雅各突然问道，他恶狠狠的口吻，吓得杰克在恐慌之中把他的宝贝弄掉在了地上。他觉得雅各会打他。铜块落在了雅各的脚边，雅各把它捡了起来，看了看。

　　"你为什么随身带着这块石头？"他好奇地问，"你们这些孩子是疯了吗？带着一只鹦鹉———一块沉重的石头——比尔·斯莫格斯——铜矿。你们真是疯了！"

　　"我觉得这个孩子还有事情瞒着我们，"奥利边走边说，"把他关上一天，不给他吃的，怎么样？这样，他就会招了。或者狠狠地把他揍一顿？"

　　杰克脸色发白，但他没有显露出他的恐惧。他说："我把我知道的全告诉你了。你到底还想知道什么？这里到底还有什么秘密？"

　　"把他带走，"雅各粗暴地说，"当他饿了的时候，他就会招了。"

　　奥利抓住杰克的肩膀，推搡着，粗暴地把他押出了洞穴。他把杰克带到了那个曾经囚禁另外几个孩子的牢房似的小洞穴里。就在他把男孩推进去的那一刻，琪琪飞了下来，用她弯曲的喙，狠狠地啄在奥利的脸上。奥利举起双手，保护自己。手中的手电筒掉到了地上，光灭了。

杰克迅速滑到一边，安静地蹲在牢房外面。琪琪不知道他在哪里。一片黑暗中，她飞进牢房，落在里面的桌子上。

"好吧，好吧，太可怜了！"她大声说着。牢房门砰的一声关上了。奥利将鹦鹉锁在了牢房里。他认为是杰克在里面说话。他甚至都不知道这只鹦鹉能说话。

他转动钥匙，把门锁上了。琪琪还在轻声地说话，虽然杰克和奥利都听不清她说的是什么。当奥利正要离开的时候，雅各走了过来。

"你把他关进去了吗？"他问道，用手电筒照了照关着的门。

"是的，"奥利回答，"他正在里面大呼小叫呢——你可以听听他的声音，我想他是疯了。"

雅各听了听。琪琪的声音从牢房里清晰地传了出来："太可怜了，太可怜了！"

"他现在后悔了吗？"雅各说着，发出了令人害怕的笑声，杰克吓得浑身发凉，"他一会儿将会更后悔。"

这些人回到了机器正在运转的洞穴里。过了一会儿，那咔嗒咔嗒的声音又响了起来。杰克站了起来，是琪琪把他从可怕的惩罚中拯救出来的——可怜的琪琪，她都不知道是自己解救了他。杰克挪到门口，试图打开门锁，把鹦鹉放出来。

但是，钥匙不见了。一定是被其中的一个人拿走了。于是，琪琪变成了一个囚犯，一个真正的囚犯。她将不得不待在那里，直到有人放她出来。

好在杰克本人是自由的。"这个事情一定有问题。"他心想，"那些钱一定有什么问题——还有那些奇怪的机器。那些人都不是好人。他们不可能是比尔的朋友。我们犯了一个大错。"

他小心翼翼地穿过通道，不敢打开手电筒。如果他能找到矿井口爬上去就好了。也许其他人会在顶上等着他呢？或者他们已经回家了，留下他一个人？现在到底是白天还是晚上？

杰克磕磕绊绊地走过一条又一条通道，他很希望琪琪能和自己在一起。他现在感到又孤独又害怕。他想和别人说说话，想看到其他伙伴。

终于，他累得实在走不动了。他蜷缩在一个小洞穴的角落里，闭上眼睛。不安的情绪让他睡得很不舒服。他睡了几个小时，感觉筋疲力尽。杰克躺在那里，四肢都变得有些僵硬。琪琪也在山洞里睡着了。她又困惑又生气，她很想念自己的主人，就像杰克想她一样。

当杰克醒来的时候，他举起手像平常那样去摸琪琪，但琪琪却不在他的肩上。他一下子都想起来了。琪琪现在是一个囚犯。多亏她能像人一样说话，杰克现在才是自由的。

杰克刚刚知道了很多事情。他知道了那些隐藏的宝藏，他知道了那些有着邪恶用途，隐藏在地下洞穴里的奇怪机器。他知道了那些操纵机器的人都是坏人。如果他们觉得自己的秘密（不管它是什么秘密）被人发现了，绝对不会善罢甘休。

"我现在要做的事情，我现在必须做的事情，就是逃出去，把我知道的事情告诉其他人。"杰克心里想，"我应该去找警察。我也愿意告诉比尔，因为现在我觉得他和那些人不是一伙的，但是我还不确定。无论如何，我必须把这些事情告诉别人。"

于是，杰克又一次开始了他在矿井巷道中无尽的徘徊。他在充斥着霉味的通道里四处寻找着，他的手电筒现在只能发出十分微弱的亮光。

又过了一会儿，手电筒突然完全熄灭了。杰克拍了拍它。他把手电筒底部先拧开，然后又拧紧。但电池已经彻底没电了——除非装一节新电池，否则他的手电筒就发不出任何亮光。当然，他现在可换不了新电池。

杰克此刻真的感到了害怕。现在逃出去唯一的希望，就是能幸运地找到那个通向外面的井梯。但是机会十分渺茫。

他摸索着向前，把一只手伸到自己面前，一条胳膊用一个很别扭的姿势夹着铜块，另一只手捧着它。接着，他以为自己好像听到了什么。他停下来听了听，不，什么声音也没有。

他继续往前走，突然间又停了下来。他不禁感到有人就在附近。是有人在呼吸吗？他站在黑暗中，屏住呼吸听了听。但他什么都没听到。他心想，也许对方也正屏住呼吸听着周围的动静。

他又继续往前走着，突然间和一个人撞了个满怀。雅各还是奥利？他开始拼命挣扎，可对面那个人却牢牢地抓住他，把他的手臂都弄疼了。铜块掉到地上，砸了杰克的脚。

"'小雀斑'！"接着传来了菲利普的声音。他跑到杰克身后,激动地拍了拍他:"'小雀斑'! 我们的运气太好了,这样都能找到你!"

"哦，我的脚！我的脚！"可怜的杰克呻吟着。

一阵出人意料的沉默后，抓住他的人打开了一个光亮充足的手电筒。一个惊讶的声音喊道："怎么回事，这是杰克！"

"'小雀斑'！"接着传来了菲利普的声音。他跑到杰克身后，激动地拍了拍他："'小雀斑'！我们的运气太好了，这样都能找到你！"

"'草丛头'！比尔！"杰克的声音中充满了喜悦和轻松。哦，一个人在黑暗中独自度过这么多个小时后，再次听到熟悉的声音，是多么开心啊！尤其是看到菲利普，以及他像平常一样，从额头上伸出的那撮头发！还有比尔，他那熟悉的笑容，闪烁的眼睛，以及可以依靠的信赖感。杰克很高兴有一个大人来帮助他。孩子们有时是初生牛犊不怕虎，但也常常有不得不依靠大人的时候。

他使劲儿地吞了一口口水，比尔拍了拍他的背："杰克，见到你真是太高兴了。我敢打赌，你有很多事情要告诉我们。"

"的确有，"杰克说，他拿出手帕，用力擤了一下鼻涕，感觉好多了，"女孩们在哪呢？"

"她们好好地在家呢。"菲利普说，"昨天，我们在矿井下面不知怎么就和你走散了。杰克，我们被抓了起来，但是我们想办法逃了出去，找到了矿井口，划着我们的船，在天半明半暗的时候回了家。我去找了比尔，但是我们无法坐他的船来，因为它被人弄坏了。乔的船也不见了。"

"那你们是怎么来这里的？"杰克惊讶地问。

　　"海底有一条秘密通道，能从陡峭山庄一直通到这里。"菲利普说，"你觉得怎么样？我们在一本关于陡峭山庄的旧书中找到了这条秘密通道。我们走了很长时间才来到这里。这条通道很奇怪。我不太喜欢它。但我们现在终于到这里了。"

　　听到他们是怎么来的，杰克真的感到很惊讶。他迫不及待地问了他们很多问题。但是，比尔也有几个问题要问杰克。"这比你想象的要更重要。"他说，"我们坐下来吧。我想你可以为我解开一个很大的谜团了。"

第27章
很多事情都清楚了

"我有一些奇怪的事情要告诉你。"杰克急切地说,"首先,你知道我发现了什么吗?你知道吗,有一个洞穴里塞满了纸币。嗯,我觉得那肯定值几百万英镑——你根本想不到。"

"啊!"比尔·斯莫格斯的声音听起来很满意,"哦!那可真是个大新闻。很好,杰克!"

"接着,我看到了很多在工作的机器,"杰克继续说道,他高兴地发现比尔对自己的消息表现出了强烈的兴趣,"那里还有一个引擎。我觉得,是用来冶炼熔化铜的,或者是与炼铜有关的任何事情,但其中一台机器,看起来像是印刷机。"

"啊哈!"比尔说道,他的声音听起来更满意了,"这真是一个好消息。太棒了!杰克,你帮助我解开了一个隐藏了五年的谜团,一个长期困扰着政府和整个警察部门的谜团。"

"什么谜团?"杰克问。

"我敢打赌我已经知道了,"菲利普兴奋地说,"比尔,这个机器是用来印刷假币的,对不对?杰克发现的这些纸币就是印刷完存在那里的。它们将被从这个岛上运出去,供那些强盗或者他们的主人挥霍。"

"你说中了。"比尔说，"我们追查这个团伙已经好多年了，但还是没有找到他们放置印刷假币的机器的地方，也无法确定那些假币来自哪里。他们制作的假币非常逼真——只有专家才能看出银行发行的真钞和这些假币之间的区别。"

"比尔！所以那些人不是在挖铜矿！"杰克惊愕地叫道，"我们错了。他们选择这些老矿山，不是在里面开采铜，而是把印钞机藏在里面安全地印制假币。太聪明了！他们可真是太聪明了！"

"确实非常聪明。"比尔严肃地说，"他们所需要的，只是一个能够往返于幽暗岛的人，给他们运食物和其他生活必需品，再把成堆成堆的假币带回给老板——无论他是谁。呃，不过那个往返的中间人让这一台好戏都演砸了。"

"谁是那个中间人？"杰克按捺不住自己的好奇心，"是我们认识的人吗？"

"当然了。"比尔说，"我本以为你们早就猜到那个人就是乔。"

"乔！"两个男孩大叫起来。不过，他们一下子就明白了乔在这件事中所起到的作用。

"对，他有一艘船。他想来岛上的话，只要说自己要出海钓鱼就可以了。"菲利普说，"如果他愿意，他也可以在夜晚上岛。杰克看到的那些信号就是岛上的人发出的。而乔在悬崖上发出了回应他们的信号。那天晚上，杰克还在那里遇见了他。"

"对，的确是这样，"杰克一面回忆，一面说，"当他开车去买东西的时候，他会把这些假币带走，然后把它们交给他的老板。难怪他一直不把我们带上车，也不让我们碰他的船。他害怕我们可能会起疑心。"

"你还记得第二个地窖里的那些箱子和盒子吗？那堆被他藏在门后的箱子？"菲利普说，"嗯，我敢打赌，那些不是波莉姨妈的，而是乔的储备，等下次开船运来岛上。"

"他编故事说晚上有'东西'在悬崖上游荡，也只是为了吓唬我们，阻止我们在晚上外出，发现他所做的一切。"菲利普接着说，"天哪，现在所有的事情都对上了，不是吗？"

"的确是这样的。"比尔饶有趣味地说。他一直兴致勃勃地听着他们的谈话。

"那你为什么来到这个海岸，住在那个坍塌的小屋里？"杰克突然问道，"你真的是一个观鸟者吗？"

"当然不是了。"比尔笑着说，"当我告诉你，我是一个观鸟者的时候，我没有料到会遇见一个真正的鸟类爱好者。有好几次你都快让我露馅了。杰克，我不得不读了很多关于鸟的资料，虽然我对鸟没有丝毫的兴趣。这样一来，你才不会怀疑我对鸟类的了解不多。我真的很尴尬。我当时还不能告诉你们我的真实身份。我是一个警察，奉命密切监视乔，看看他在干什么勾当。"

"你是怎么知道乔在干这些勾当的呢？"菲利普问。

"嗯，他在警察局可出名了！"比尔说，"之前，他就伪造过银行的纸币。我们怀疑，他是否与这次发生的大规模假钞印制案件有关。但我们不知道纸币是在哪里印制的。我们认为一旦知道他在哪里，就要紧紧地盯住他。他把自己隐藏得很好。他现在已经和你的阿姨待了五年了，从来没有人怀疑过他是个有犯罪记录的人。但有一天，我们中有一个人在镇上发现了他，发现了他究竟是在哪里工作的。接着，今年夏天，我就来这里，悄悄地监视他。"

"你捅了一个多大的马蜂窝啊！"杰克说，"比尔，我们帮上忙了吗？"

"虽然你们不知道，但是你们帮了我很多忙。"比尔说，"你们让我确定，乔就是那个中间人。你们让我确信是他一直往返于幽暗岛。于是有一天，我自己来了岛上，稍微查探了一下矿井。我想，应该是在那个时候，我落下了铅笔。但是我不得不说，我没有发现任何让我怀疑矿里有人用隐藏的机器印制假钞的证据。"

"但是我们发现了。"杰克骄傲地说，"接下来，你打算怎么做，比尔？"

"嗯，"比尔说，"昨天晚上，我已经通过电台向我的主管报告过了。我告诉他们，我很确定这里发生了什么事情，而且我正要去岛上救人，请他们立刻来收拾残局。"

"他们会做什么？"杰克激动不已地问。

"等我回去汇报的时候，我才会知道。"比尔说，"我想我们现在应该走了。我们要从那个海底通道回去，就是菲利普和我来时的那条路。"

"我猜是乔把你的船给砸了。"菲利普说，"他一定对一些事情起了疑心。我觉得他已经知道你是我们的朋友了。"

"乔是一个非常聪明的流氓，"比尔说着，站起来伸展了下身子，"他很聪明，因为他总是在装傻。快走吧！"

"比尔，我想去救琪琪。"杰克突然说道，"我不能撇下她一个，那些人会杀了她的。不然，她也会被饿死或者吓死。我们能去救她吗？"

"不能，"比尔说，"我们还有更重要的事情要做。"

"让我们去找她吧，比尔。"菲利普说。他知道对杰克来说，琪琪的重要性不下于其他人的宠物狗："我们只需要拿出地图，找到主通道，然后溜进那个洞穴里。杰克知道琪琪被锁在哪里。我觉得那听起来就像是我和女孩们被囚禁的地方。"

"嗯，我们最好快点。"比尔有些怀疑，"而且不要发出任何噪音。我可不想招来别人的注意。"

他们把地图展开，找出自己现在所处的位置，以及主通道的位置，然后就出发了。没过多久，他们就在宽敞的通道里前行，悄无声息。

比尔听到了咔嗒声和砰砰声。机器再次运作了。比尔看上去很冷静，专心地听着。是的——那是一台印刷机。

他们快到关押着琪琪的牢房时，就听到了些声音。他们蹲下来，紧靠着墙，几乎不敢呼吸。

"那就是雅各。"菲利普贴近比尔的耳朵低声说。

在鹦鹉所在的牢房门口，有三个人。他们正惊讶地听着一个声音从牢房里传来，声调很高，每个字都清晰可闻。

"不要擤鼻涕，我告诉过你！你的手帕在哪里？我告诉过你多少次了，把脚擦干净！可怜的老琪琪，非常非常可怜的老琪琪！把水壶放上来！"

"这个男孩疯了。"雅各对另外两个男人说。显然，他们以为是杰克被关在了山洞里。

"砰！鼹鼠要跑掉啦。"琪琪夸张地唱着儿歌，然后发出一种像火车头穿过隧道时的呼啸声。

"是脑子坏掉了吧。"奥利惊讶地说。

这时，又传来一声尖叫，第三个人突然说话了。

"那是一只鹦鹉。就是它！那男孩带着他的鹦鹉在里面。"

"打开门，我们进去看看。"奥利说。雅各把钥匙插进锁眼中，门打开了。琪琪立即尖叫着飞了出来，把三个人都吓了一跳。他们拿着手电筒照向山洞。

洞内空无一人。雅各猛地转向奥利说道："你这个傻瓜。你把鹦鹉关在里面，让那个男孩逃跑了。真该一枪崩了你。"

奥利盯着空空的洞穴。确实如此。那里只关过一只鹦鹉。"好吧，"奥利说，"我希望，这个孩子在矿里永远找不到路，再也不会有人找到他。他活该。"

"我们简直太蠢了，奥利。"雅各恨恨地说，"我们先是被其他几个孩子骗了，然后又被这个男孩给骗了。"

他们让门敞开着，转身走向透出亮光的洞穴。杰克长长地舒了口气。琪琪突然飞到他的肩膀上，发出十分亲切的声音。她假装啄他的耳朵，激动地发出亲吻似的啵啵声。杰克挠了挠她的脑袋，自己也感到很高兴。

"好啦，快走吧。"比尔低声说道。他们快步离开了通道。手电筒照得很亮。他们没有走得太远，就清楚地听到有人过来了。

"我觉得，应该是有人从主矿井下来了。"杰克用低低的声音说。他们关掉了手电筒，默默地等待着。这个人越来越近，脚步很沉重。他的手电筒的光很刺眼，让他们根本看不到他的样子。他们试图退回到那条小小的巷道，但是杰克跟跄了一下，摔倒了，弄出了声响。琪琪尖叫了一声。

一束手电筒光照得他们目眩，从黑暗中猛地传来一个声音："站着别动，否则我要开枪了！"

比尔伸出手，让男孩们站住。这个声音里透露着不容违背的意味，一旦违背，它的主人真的会毫不犹豫地开枪。

他们三人站在那里，互相眨着眼睛。杰克认出了这个声音，菲利普也认出了。是谁呢？

突然，他们一瞬间就明白了。他们当然知道这是谁的声音。

那是乔！杰克喊道："乔，你在这里干什么？"

"这是我要问你们三个人的问题。"乔的声音冷冰冰的。他把手电筒的光停在了比尔的脸上。"所以你也来了，"乔说，"我砸了你的船，不过我猜你在海床下找到了那条老路，是不是？你们以为自己很聪明？你们都聪明过头了。接下来，你们会过得很惨，你们会过得很惨。"

第28章
被 困

乔手中的左轮手枪闪闪发亮。比尔很生自己的气，如果他不同意回来救那只可怜的鹦鹉，这件事就不会发生了。乔很强硬。他不像雅各那样容易被骗到。

"转过身去，双手高举过你的头顶，走到我前面。"乔命令道，"那只鹦鹉也在这儿。我欠了它很多，我现在就要偿还。"

杰克知道乔正打算向琪琪开枪，他打了一下鹦鹉，让她非常惊讶。琪琪愤怒地飞到高空中，尖叫着在黑暗中消失了。"快逃，琪琪，快逃!"杰克喊道。

琪琪将自己隐藏在黑暗中。她知道，杰克不想让她待在身边。她感觉到了危险。她尾随着几个人，远远地跟在乔身后，像一只蝙蝠一样悄无声息地从一个地方飞到了另一个地方。

三个人很快就被关进了那个熟悉的山洞里。乔叫来雅各，亲自锁上了门。然后，几个囚犯就听到了他们离开的声音。

"嗯，恐怕我们现在遇上麻烦了。"比尔说，"我究竟是为什么会同意回来救那只鹦鹉的啊？我们所有的人可能因此会没命的。这些人可能会带着成千上万的假币逍遥法外，在全国各地大肆挥霍。我们现在必须想办法阻止他们了。"

"对不起，是我请求你回来救琪琪的。"杰克的声音有些发怯。

"这事儿也怪我。"比尔点燃了一支香烟，说，"天哪，这里好热。"

经过一段漫长的时间，门又被打开了，乔走了进来，后面跟着雅各、奥利，还有其他两三个人。

"我们只是来和你们好好告个别的。"乔说，他的黑脸在灯光下闪闪发光，"我们在这里的任务已经完成了。比尔·斯莫格斯警官，你所有的行动都为时已晚了，我们已经印好了足够多的钞票。"

"就是说你们要把这里给清理干净了，是吗？"比尔冷静地说，"你已经砸碎了机器，隐藏了痕迹，还拿走了所有的存货和一包包的假钞。你们不可能这么轻易就逃脱的。你的机器不管有没有被砸毁，都会被人发现的，还有……"

"你们什么都找不到的，比尔·斯莫格斯。"乔说，"什么都找不到。即使整个警队来到这个岛上，也永远找不到任何可以追踪到我们的东西！"

"为什么？"比尔掩饰不住自己的惊讶，问道。

"因为我们正在用海水淹掉这些铜矿。"乔一边说，一边邪恶地笑着，露出他森白的牙齿，"是的，比尔·斯莫格斯，这些矿很快就会被水淹没，每一条隧道、每一条巷道、每一个洞穴都会被海水灌满。它会隐藏起我们的机器，以及我们在这里工作过的一切痕迹。恐怕也会隐藏起你们。"

"你不能把我们丢在这里。"比尔说，"如果你想的话，可以把我一个人留在这里，但是请把这两个男孩带走。"

"我们不想带走你们中的任何一个人。"乔仍然用一种礼貌得可怕的语调说道，"你们会坏事的。"

"你不能这么残忍！"比尔大喊，"为什么要这样，他们只不过是孩子。"

"我接到的命令就是这样。"乔说。他看起来，根本就不像男孩们以前认识的那个愚蠢的、半疯半傻的家伙，他完全是另外一个乔，一个一点儿都不讨人喜欢的家伙。

"你打算怎么淹没这些矿？"比尔问。

"很简单。"乔说，"我们已经在你们从陡峭山庄来这里的那条通道上埋了炸药，就在海床下面。当我们安全地到达地面后，你们就会听到一阵巨大的爆炸声。炸药会在海底通道的顶部炸出一个窟窿，海水就会涌进来。正如你能预想到的那样，水将冲入这些矿井，将它们淹没在海平面以下。恐怕那时你们就不会那么舒服了。"

杰克试图站起来，向乔证明自己并不害怕，但他的膝盖根本支撑不住。现在他害怕了，非常非常害怕。菲利普也害怕了。只有比尔保持着之前无所畏惧的态度。他笑了起来。

"嗯，你们有什么手段，尽管使出来吧。你们绝对不会像你想象的那样轻易逃脱的。警察对你和你的团伙以及你们的幕后老板的了解要远远超出你的想象。"

那伙人中的一个对乔说了些话。乔点了点头。两个男孩明白爆炸即将开始，通道顶部将被冲开一个口子，水流会咆哮着冲下来，灌满这里的每个角落。

"再见。"乔露出他那白得惊人的牙齿，说道。

"我们很快还会再见面的。"比尔有礼貌地回答。两个男孩什么都没有说。琪琪在外面的通道里发出了一阵咯咯咯的笑声。

"我应该在离开之前杀了那只鸟的。"乔嘀咕着，准备和其他人一起离开山洞。他猛地把门关上，锁了起来。

离开的脚步声越来越远，随后四周陷入了一阵沉默。比尔看了看两个男孩。

"振作起来！"他说，"我们还没死呢。让那些家伙走远点，然后我就能打开这扇门，我们就可以逃出去了。"

"打开门？怎么打开？"杰克问道。

"噢，我有些微不足道的小技能。"比尔咧嘴笑了起来，掏出一大堆奇特的锉刀和细长的钥匙。过了一两分钟，他就开始在门上忙活起来，不一会儿，门就打开了。

"现在，让我们去出口吧。"比尔说，"快走，趁现在还来得及。"

他们来到了主通道，小跑着向矿井的出口前进。他们花了一些时间才来到那里。

他们刚刚到达，抬头看着有微弱光线照射下来的地方，那里传来了一个奇怪的声音。

这低沉的咆哮声来自铜矿的深处，以一种奇特的方式回荡在巷道中。

"看来乔说的是实话。"比尔保持着清醒，"那是炸药在爆炸。如果海床真的被炸出了一个洞，那么现在海水就会从海底通道涌入这些矿洞。"

"那我们快走吧，"菲利普说着，焦急地想要出去，"快走吧！我想快点回到阳光下。"

"我必须把我的铜块系在身上的什么地方。"杰克仍然携带着沉重的铜块，"怎么了，比尔？"

比尔尖声惊叫了起来，把两个男孩吓到了。"看那儿。"比尔用他的手电筒照着距井底几英尺的矿井梯，说道，"那些人已经爬上了矿井，故意毁掉了靠近井底的那段梯子，这样一来，即使我们从山洞里逃出来，也爬不上去。他们没给我们留下任何机会。我们完了。我们逃不出去了。没有梯子，就没法爬上去。"

绝望中，他们盯着被砸碎的阶梯。琪琪发出了一声悲伤的尖叫，吓了他们一跳。

"比尔，我觉得我们可能会在那个放盒子和箱子的大洞穴里找到一个梯子。"杰克绝望地说，"我觉得我看到过一个。我们可以回去看看吗？我想那些人应该只是把矿井梯的起始段毁掉了。他们一定觉得，下面的梯子不能爬，我们也就没法爬更高的梯子。"

"你确定那个山洞里有一架梯子吗？"菲利普问道，"我不记得看到过。"

"嗯，这是我们唯一的机会。"比尔说，"快走，我们回去找梯子。"

但是他们还没回到那个大洞穴，只是沿着主通道走了一小段就惊恐地停了下来。有东西正旋转着向他们冲来——那东西黑乎乎的，奇怪而力量强大。

"海水进来了。"比尔大喊，"往回走！爬到最高的地方去。天哪，整个大海的水正在涌入这些铜矿。"

汹涌的海水灌入所有通道和山洞的声音，现在已经清晰可闻。这是一种贪婪的卷吸声，是一种让比尔都感到恐惧的声音。他们三人立即跑回主矿井。它比其他地方高，但水很快就会淹到那里了。

"不管怎样，这些涌进来的海水最终都会达到海平面的高度，"比尔说，"所有这些矿井都在海平面之下，远远低于海平面。整个矿都会被淹没，我估计海水会把这些矿井灌个半满。"

"但是，比尔，那样我们都会被淹死的！"杰克颤抖着说。

"你们会游泳吗？"比尔问，"我想你们都会吧。那就听好了，这是我们现在唯一的希望了。当海水开始填满这个矿井的时候，我们必须跟它一起上升，让它带着我们浮上去。如果我们能保持冷静的话，就可以一直浮在水面上。等我们升到没有受到破坏的那段阶梯时，我们就可以爬上去了。喂，当海水涨上来的时候，你们能保持冷静，随着海水上升到达井口吗？"

"能！"两个男孩勇敢地说。杰克转过身，紧张地看着下面的通道。他可以看到远处漆黑的海水，在比尔的手电筒光照射下闪闪发亮。不知道为什么，它看起来非常可怕。

"比尔，这些铜矿彻底完了吧，是不是？"菲利普说，"没有人能再到这里来了。"

"嗯，不过这些矿都已经开采完了，"比尔说，"杰克很幸运，能找到一块铜块，拿回去给大家看一看。这可能是一个矿工在很久以前藏起来的，然后他就忘记了藏它的地方，多年以后，被杰克发现了。"

"我一定要把它带回去。"杰克说，"我一定要带回去。但是，我不知道自己能不能在游泳的时候拿着它。它太重了。"

比尔脱下了他的运动服和背心。他把背心包在铜块外面，打好结，然后用一根绳子把它捆起来。他再次穿上运动服，把铜块挂在脖子上。

"是有点沉哪。"他咧嘴一笑，笑着说，"不过没问题。你带着琪琪，我带着这铜块。"

"非常感谢。"杰克说，"你确定它不会把你拖到水下去吗？"

"我可不这么认为。"比尔很肯定地说。

"水越来越近了。"菲利普很不安地说，"看！"

他们都看向海水来的方向。海水正在逼近他们所站的那一小块矿井下突起的地方。

"这水可真黑啊！"杰克说，"我觉得可能是黑暗让水这么黑的。它看起来真是可怕。"

"水还要过一会儿才会到达我们的井梯。"比尔说，"趁着现在还有时间，让我们坐下来休息一下吧。"

他们坐了下来。菲利普的老鼠从他的袖子里钻出来，蹲下来闻了闻。琪琪看见了它，尖叫了一声。

"擦擦你的脚，我告诉过你！"她说道。

菲利普说："琪琪，你别吓沃夫利了。"他们三个一边等着，一边看着老鼠滑稽的动作。海水越来越靠近，席卷了通道里的一切。

"它是从海底通道的顶部灌进来的。"菲利普说，"我说，比尔，海水会不会从通往陡峭山庄的那条海底通道冲向另一个方向，让井水变咸？"

"嗯，是的，我猜会这样。"比尔考虑了一下说，"那口井在海平面以下，这样一来，海水必然会灌进去。菲利普，那就会很糟糕。这意味着，你和你的家人再也不会有井水喝了，我不知道你们会怎么办。"

"海水已经到我们的脚边了。"杰克看到有一阵海浪正冲向他们，"琪琪，快坐到我肩上。'草丛头'，沃夫利在哪里？"

"就在我脖子下呢。"菲利普说，"哦，这水可真凉！"

铜矿很热，所以海水就显得格外冰冷。菲利普、杰克和比尔都站了起来，看着海水在他们的脚踝边打转。水渐渐升到了他们膝盖的高度，然后淹没了膝盖。

他们三个人站在井下，等着水涨到能让他们游泳或踩水的高度。

"我动不了了。"菲利普说，"我从来不知道水能这么冷。"

"水并不是很冷，"比尔说，"只是矿井里面的温度很高，我

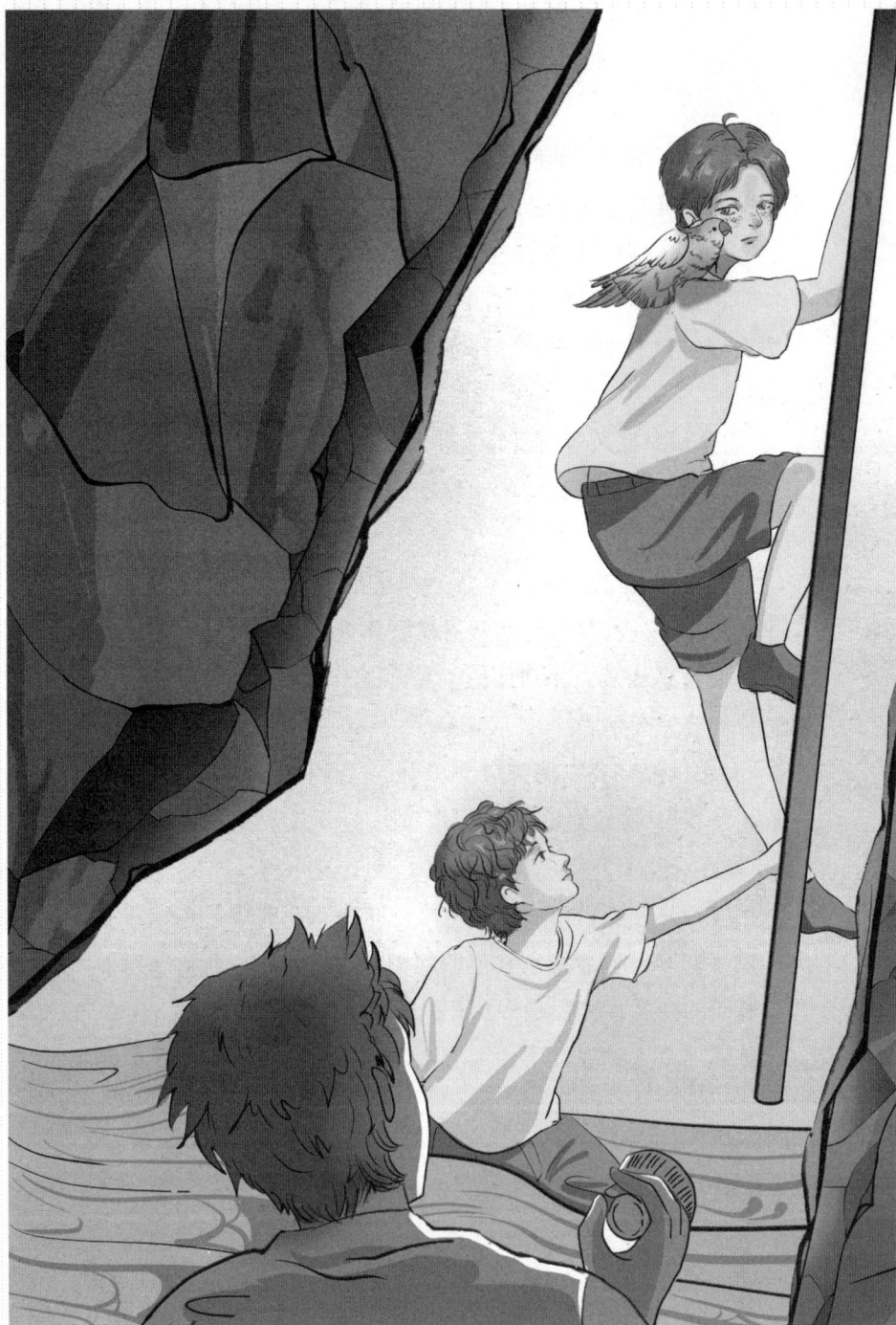

们就觉得水很冷。它们还没有时间变暖呢。"

海水涨到了他们的腰部，然后很快地涨到了他们的肩部。

"天佑吾王！"琪琪站在杰克的肩膀上，看着下方涌动的漆黑的海水，声音中充满恐惧。

不久，比尔和两个男孩都浮了起来，他们在矿井的水面上游得很困难。"快没地方了。"杰克喘着粗气说，"我们都挤在一起了。"

他们现在确实非常拥挤，真的没有游泳的空间。保持漂浮的状态十分消耗体力。海水一直在上升。比尔用牙咬着菲利普的小手电筒，让光照在矿井壁上。他想看看，矿井上方的梯子有没有被毁掉，那些人是不是只砸毁了下面那部分的梯子。

他终于把手电筒从嘴里取了出来，说道："我们没事了。这里的梯子并没有被砸毁。我们已经随着海水上升了一点，现在我们可以爬上梯子了。你们先走，我会帮你们爬上去。杰克，你带着琪琪先上。她真的被吓坏了。"

杰克快速地游到井梯所在的那一侧。比尔用手电筒为他照明。杰克紧紧抓住梯子，开始往上爬。当他爬了一段距离之后，菲利普也紧随其后。最后，比尔也爬了上去，感受到了铜块在他脖子

杰克快速地游到井梯所在的那一侧。比尔用手电筒为他照明。杰克紧紧抓住梯子，开始往上爬。

247

上沉重的负担。带着铜块保持平衡非常困难，但他还是做到了。

他们一直向上爬，不知过了多久，才开始接近地面。他们很快就不再冷得发颤，还爬得浑身发热。他们的湿衣服贴在身上很不舒服。琪琪在杰克的耳边说着话，好像是在自责。她一点儿也不喜欢冒险的这个部分。

菲利普的老鼠也不喜欢。当水里的菲利普只露出脑袋的时候，它也只能紧紧地抓着菲利普的耳朵。现在它一点都不喜欢菲利普那湿漉漉的衣服。它在里面简直找不到一个干燥、温暖的舒服地方。

"我们快到了，"杰克终于喊道，"不远了。"

这是一个令人鼓舞的消息。他们顿时觉得胳膊和腿上有了新的力量，攀爬的速度变快了，因为他们知道漫长而劳累的攀爬快要结束了。

杰克第一个爬了出来，琪琪高兴地尖叫着，从他肩上飞了起来。可是，他马上就吃惊地停了下来。有人正静静地坐在井口，手里拿着一把左轮手枪。

"举起手来！"那人的语气十分严厉，"不准警告跟在你后面的人。站在那里别动。听好了，举起手来！"

第29章
皆大欢喜

　　杰克双手举过头顶，惊恐地张大了嘴巴。他们刚刚逃脱了，难道又被人抓住了吗？他不敢喊叫。

　　菲利普爬了出来，也受到了同样的待遇。他感到又震惊又沮丧。手持左轮手枪的这个男人静静地等待着，用武器指着两个男孩，想看看下一个出来的是谁。比尔爬了出来，背对着那个人。他也得到了同样的指令。

　　"举起手来！不要警告后面的任何人。站在那里别动！"

　　比尔转过身来。他立刻就把手举了起来，但是现在，他放下手笑了。

　　"好了，山姆，"他说，"把枪放下吧。"

　　山姆惊呼一声，把左轮手枪插在了腰带上。他向比尔伸出手。

　　"是你啊！"他说，"我被留在这里，以防这帮罪犯还有同伙爬上来。没想到你会突然出现。"

　　孩子们张着嘴，看着眼前的一切。这都是怎么回事？

　　"你们被吓到了吧？"比尔注意到了他们的惊讶，"这是山

249

姆，是我们的一个探员，也是我的好朋友。嗯，山姆，在这里
见到你真是太好了。发生什么事了？"

"过来看看吧。"山姆笑着说，在前面带路。他们跟在魁梧
的山姆后面，穿过山中小道，来到一片开阔地，向海岸走去。

他们突然看到了一幅有趣的景象。一群脸色阴沉的人，站
成了一排，他们就是矿井里的那个团伙。乔也位列其中，脸上
露出怒不可遏的表情。两个人站在他旁边，每人都拿着一把左
轮手枪。这些家伙身上所有的武器都已经被收缴了。

"那是乔！"菲利普喊道。乔生气地看着他，很快就露出了
一丝惊讶。那两个男孩和他们的朋友竟然已经逃出来了，乔感
到非常惊讶。他绞尽脑汁，也想不通他们是如何从正在淹没的
矿井里，一个紧锁的洞穴中跑出来的，更想不出他们是如何从
一个梯子已经被完全砸烂的矿井中爬上来的。

"他们是怎么被抓到的？"杰克好奇地问。琪琪看到了乔，
大呼小叫地在他头上飞来飞去。她认出了自己的宿敌，知道他
已经不能再伤害自己了。

山姆看出了杰克的好奇，咧嘴一笑。"嗯，因为比尔·坎宁
安，"他向比尔点了点头，"他昨天晚上通过电台把一些情况告
诉了我们，我们根据现有情况做出了判断，认为应该采取行动。
所以我们立刻出发，以最快的速度来到了这个岛。我们在这里
发现了乔的船和他们想要逃跑的征兆。我们在海滩上的板条箱
里发现了一堆堆假钞，还有其他'有意思'的文件。"

"你们怎么这么快就到了？海岸附近并没有船啊。"菲利普

说道。

"我们有几艘自己的摩托艇。"山姆说,"我们驾驶着其中的两艘,沿着海岸线,飞快地赶到了这里。它们就在那边!"

两个男孩转过身,看见两艘又大又帅气的摩托艇,正在海湾附近的水面上摆动,每艘船上都有一名技师。附近就是乔自己的船。

"当我们发现这个团伙已经在收尾,正准备带着假钞逃之夭夭的时候,我们就知道机会来了。"山姆笑着说,"我们不知道他们会从哪一个井梯出来,于是我们就在每个井口都安排了一个人,这伙人就一个接一个地上来了。我们很顺利地把他们一网打尽。"

"就像你抓住我们那样。"杰克说,"真是个聪明的办法。那我们接下来做什么?"

"比尔·坎宁安现在是这儿的负责人了。"山姆带着一脸询问的表情,转向比尔。比尔脸上带着歉意看了看孩子们。

"对不起,我不得不告诉你们一个假名字,"他说,"但是我的名字在某些地区确实太有名了,所以我在进行这种卧底工作时只能用假名。在你们面前,我只能化名为比尔·斯莫格斯。"

"你永远都是我们的比尔·斯莫格斯。"菲利普说,"比尔,我绝不会把你当作其他什么人的。"

"很好,"比尔笑着说,"那我就是比尔·斯莫格斯。现在,让我们把这些可爱的绅士安全地请上摩托艇吧。"

这个凶残的团伙被押上了船。雅各仍然戴着他黑色的眼罩，但是他用另一只完好的眼睛，狠狠地盯着琪琪，凶狠得让杰克把鹦鹉召唤回他的肩膀上。如果目光可以杀人的话，那琪琪肯定会死在雅各的注视下。他还在回想他们是怎么把鸟而不是那个男孩关起来的。可能就是这个错误让他们倒了大霉。

"我想，我们得驾驶着亲爱的乔的船回家。"比尔对两个男孩说，"走吧。让摩托艇先走。我们会跟在它们后面。山姆！向那座房子出发，就是你知道的陡峭山庄。那里有一个绝佳的停泊点。"

"好的。"山姆回答。摩托艇出发了，在海上发出了惊人的轰鸣声。接着，比尔和男孩们驾驶着乔的船也出发了，三艘船都安全地通过了岩石圈的缝隙，驶向远处广阔的海面。

"嗯，皆大欢喜！"比尔说。他们把帆升上，向着家的方向前进，"但我一度认为，我们可能不会有这样的好结果。"

两个男孩也是这么想的。菲利普想知道黛娜和露西安现在怎么样了。她们一定很担心。

"我饿极了。"杰克说，"我已经很久没有吃过一顿好饭了，很久了。"

"的确是很久了。"比尔说，"不要紧，我们马上就到家了，然后你就可以吃个够。"

摩托艇还没到岸边，两个女孩和波莉姨妈就听到了声音。她们出来看看是什么东西弄出了这么大的噪音。她们惊愕地看到两艘装满了人的大型摩托艇和一艘帆船——看上去像乔的那艘。这三艘船都在向陡峭山庄驶来。

"这到底是怎么回事?"波莉姨妈说,她的脸色仍然有些苍白,面带病容,"哦,天哪!我的心脏可受不了这种刺激。"

摩托艇在小码头停泊点停了下来。两个女孩跑了下来,看到站在人群中的乔,感到非常惊讶。她们紧紧地盯着这些人,寻找着杰克和菲利普的身影。

"你好!"山姆喊道,"你在找比尔和男孩们吗?他们在另一艘船上,就跟在我们后面。这里有电话吗?"

"有的,我们有。"黛娜说,"那些人是谁?乔为什么和他们在一起?"

"我很快就会把一切都告诉你的,"山姆说着,跳下船,"我现在必须先打电话。好孩子,你能告诉我电话在哪里吗?"

山姆打通了电话,要求立刻派四五辆汽车来陡峭山庄,把罪犯们带走。波莉姨妈十分惊讶地听着,心跳加速。这到底是什么意思?

帆船到达后,她就很快明白了。比尔和男孩们走进了房子,他们把整件事都告诉了她,当她听到乔是个多么邪恶和危险的家伙时,她惊恐地跌坐在沙发上。

"他像猴子一样狡猾。"比尔说,"多亏这四个聪明的孩子,这次他可逃不掉了。"

"这很有趣。"杰克说,"我们想去岛上找一只大海雀,结果发现了一伙躲在矿井里,用隐藏的印刷机干坏事儿的罪犯。"

"如果我知道你们会做这样的事，我早就把你们都送上床睡觉了。"波莉姨妈严厉地说。所有的人都笑了起来。

"哦，淘气的女孩，淘气的女孩，波莉！"琪琪叫着，飞到波莉姨妈的肩上。

汽车到达的时候，两个男孩和比尔正在享用一顿大餐。这些罪犯被塞进车里，车迅速地开走了。山姆说了声再见，就和他们一起离开了。

"干得好，比尔！"他走的时候说，"这几个孩子也值得表扬！"

他们也的确得到了很多表扬。第二天，乃至第三天四个孩子都兴奋得睡不着觉。

他们还被带到附近一座大城市，把自己所知道的一切告诉了两三位非常严肃的先生。

"大人物，"比尔神秘地说，"都是很大很大的人物。杰克，你还有在岛上看到的那一堆罐头的照片吗？乔否认他往岛上运过补给物资，我们在陡峭山庄的地窖里发现了一些空罐头，也许我们可以通过你的照片辨认出来。"

因此，即使这些罐头盒的小照片也是很有用的，是比尔所说的对罪犯不利的证据。

另一件令人兴奋的事情，就是杰克的铜块。当听到它并不值钱时，男孩有些失望。但作为好奇心和一次伟大冒险的纪念，它还是令人激动的。

"我会把它带回学校，送到我们那儿的博物馆里。"杰克说，

"所有的男孩都会喜欢看到它，听我说说得到它的经过。他们一定会非常羡慕我的！并不是每个人都有机会在旧铜矿里迷路，发现这样一个被藏起来的铜块。唯一让我失望的是，它不值钱，因为我确实想卖掉它，那样我们就可以分一大笔钱了。"

"是啊，"露西安说，"如果是那样就太好了。'草丛头'的那份钱，可以用来支付他和黛娜上学的费用，这样他们的妈妈和姨妈就可以休息一下，不必这么辛苦。很遗憾，我们无法把它卖很多钱。"

但是这也没什么关系，因为令人意外的是，四个孩子从另一个地方得到了一大笔钱。凡是能提供有助于抓捕造假者信息的人都会得到奖励。这一奖励自然而然地颁发给了四个孩子，比尔也有一份。

当菲利普的母亲听说了这场奇怪而又令人兴奋的冒险，还有那意想不到的奇妙结果之后，也来到了陡峭山庄。杰克和露西安都很喜欢她。她漂亮、善良、快乐，就是一个孩子心目中理想的母亲。

杰克对菲利普说："太遗憾了，你妈妈和你、黛娜没有一个舒适温暖的家。"

"我们会有的，"黛娜说着，眼睛闪闪发光，"我们终于要有这样一个家了。母亲现在有足够的钱，不用再那么辛苦地工作，可以为我们自己建立一个家了。我们都想好了。你和露西安会来和我们一起住吗，'小雀斑'？你不会想回到你脾气暴躁的伯父和可怕的老管家那儿吧？"

"哦！"露西安说道，她绿色的眼睛像星星一样闪闪发光。她倒在菲利普身上，紧紧地拥抱着他。黛娜从来没有这样做过，但是菲利普发现，自己对她这样做感觉还不赖。"哦！没有什么比这更好的了！我们可以分享你们的妈妈，我们一起玩会多开心啊，但是你觉得你妈妈会愿意要我们吗？"

"当然啦，"黛娜说，"我们特意问过她。她说，既然她要照顾两个孩子，那再多两个也没有关系。"

"也包括琪琪吗？"杰克问道。他心里突然有点儿怀疑。

"嗯，当然啦。"黛娜和菲利普异口同声地说道。他们不能想象没有琪琪的生活。

"你的波莉姨妈和乔斯林姨父怎么办？"杰克问道，"我为你的姨妈感到难过，她不应该住在这座破败的老房子里，辛苦地照顾你的姨父，又孤独又痛苦，还生着病。但是，我想你姨父是永远也不会离开陡峭山庄的吧？"

"嗯，他现在必须要离开了，你知道为什么吗？"黛娜说，"因为井水变成了海水。海水从旧通道灌进来了，所以井水现在不能喝了。把井修好要花很多钱，所以可怜的姨父不得不做出选

露西安环视了一下欢乐的同伴们，也感到很开心。她将要和一个她喜欢的大人和几个她喜欢的孩子住在一起了。一切都很有趣。

择——要么待在陡峭山庄渴死，要么就离开它，搬到别的地方去。"

所有的人都笑了。"嗯，这样看来，乔淹没了矿井，也算做了件好事。"菲利普说，"这迫使乔斯林姨父下定决心要搬家，而波莉姨妈也能得到她一直想要的乡村小屋，过上平静的生活，而不是住在这片废墟中，现在也没有乔帮忙干粗活了。"

"哦，那个可怕的乔！"露西安说着，颤抖了一下，"我是多么讨厌他啊！我很高兴他会被关进去好多好多年，他出狱的时候，我已经长大了，那时不会再害怕他了。"

比尔开着他的车来了，还带来一箱姜汁啤酒，因为现在大家都无法喝井水。孩子们欢呼起来。早餐、晚餐和下午茶能喝姜汁啤酒真是太好了。比尔还送给波莉姨妈和菲利普的妈妈很大的装满热茶的热水瓶。

"噢，比尔！"菲利普的母亲说，琪琪很快就模仿了一下她的尖叫声，"多么大的热水瓶啊！我从没见过这么大的热水瓶。非常感谢！"

比尔留下来吃晚饭。这是非常有趣的时光，尤其是当菲利普的老鼠钻出他的袖子，跑到桌子上，再跑到黛娜的盘子里的时候。这让大家都笑了起来。露西安环视了一下欢乐的同伴们，也感到很开心。她将要和一个她喜欢的大人和几个她喜欢的孩子住在一起了。一切都很有趣。一切都很顺利。她和杰克几个星期前从罗伊先生那里逃出来，和菲利普一起来到陡峭山庄，这是多么美好的一件事情啊！

"这真是一次大冒险，"露西安大声说，"但我很高兴一切都结束了。因为当它正在发生的时候，简直太刺激了。"

　　"哦，不，"菲利普马上说道，"冒险最好的部分就是它正在发生。这一切都结束了，我觉得太可惜了。"

　　"太可惜了，太可惜了！"琪琪说，她像往常一样重复着最后几个字，"擦擦你的脚！关上门！把水壶放上来！天佑吾王！"